젊은 베르터의 슬픔

Die Leiden
des
Jungen Werther

젊은 베르터의 슬픔

차 례 Die Leiden
des
Jungen
Werther

/

1부   09

2부   97

엮은이의 글   152

/

가련한 베르터의 이야기를 모을 수 있는 한 모두 모아 여기 선보입니다.

당신은 이 이야기를 읽으면서 내게 고마운 마음이 들 것입니다.

베르터의 정신과 성품에 경탄하며 사랑해 마지않을 것이고,

그의 운명에 눈물을 금치 못할 테니까요.

베르터와 같이 욕망 때문에 괴로워하는 사람은

그의 번민에서 위안을 얻을 것입니다.

운명 혹은 자신의 잘못으로 친구 하나 찾을 수 없는 사람이라면

이 작은 책자를 벗으로 삼기 바랍니다.

Die Leiden
des Jungen Werther

/

1 부

/

떠나와서 얼마나 좋은지 모르겠다. 너와 그리도 헤어지기 싫어했으면서 이제는 떠나와 좋다고 말하다니! 사람 마음이 왜 이럴까? 너는 이런 나를 이해해주리라 믿는다. 너를 제외한 다른 사람과의 관계는 나 같은 사람을 괴롭히려고 운명이 맺어준 관계였으니까. 레오노레의 일만은 안됐다. 하지만 그건 내 잘못이 아니야. 내가 그녀의 여동생이 지닌 독특한 매력에 끌려 즐거운 시간을 보내는 사이 레오노레의 가슴에 연정이 싹튼 걸 어쩌겠어? 그렇다면 내게는 정말 책임이 하나도 없는 걸까? 내가 레오노레의 그런 감정을 부추긴 건 아닐까? 천성을 있는 그대로 솔직히 드러내는 그녀의 모습을 보고 나도 분명 즐거워했지. 우리는 그런 그녀의 모습에 많이도 웃었으니까. 사실은 그다지 우습지도 않았는데. 아! 이렇게 자책하는 걸 보면 인간은 참으로 묘한 존재다. 난 이제 그 버릇을 고치기로 했다. 약속할게, 빌헬름. 이제 다시는 본의 아니게 저지른 사소한 잘못을 예전처럼 곱씹지 않겠어. 과거는 흘려버리고 현재를 즐길 거야.

사람들과 어울리면 괴로움도 줄어들 거라는 네 말이 옳았어. 인간은 왜 걸핏하면 상상력을 동원해 과거의 잘못을 떠올리는지 모르겠다. 담담히 현재를 견디면 좋으련만.

수고스럽지만 우리 어머니께 말 좀 전해줬으면 한다. 시키신 일은 최선을 다해 처리하고 최대한 빨리 결과를 알려드리겠다고. 숙모님을 만나뵈었는데, 듣던 대로 나쁜 분은 아니었다. 명랑하고 활달할 뿐 아니라 마음이 퍽 넓은 분이라는 느낌이 들었어. 내가 숙모님이 차지한 상속분에 대해 어머니가 품은 불만을 말씀드리자 숙모님은 그 이유와 원인을 설명하셨고, 당신이 제시하는 조건을 받아들이면 유산을 모두 내놓겠다는 말씀도 하셨다. 심지어 우리가 요구한 것보다 더 많이 주시겠다고 했어. 간단히 말해 우리 어머니께 모든 일이 잘될 거라고 전해줘. 이제 그 이야기는 그만하고 싶군.

나는 이번 일을 겪으면서 이 세상에 혼란을 일으키는 것은 악의와 간계가 아니라 오해와 타성이라는 사실을 다시 한 번 확인했다. 적어도 오해와 타성이 악의와 간계보다 더 많은 혼란을 일으키는 게 분명해. 그건 그렇고, 나는 이곳에서 아주 잘 지내고 있다. 낙원과도 같은 이 지방의 고적한 분위기는 귀한 향유와도 같이 내 마음을 진정시켜주고, 봄은 청춘의 계절답게 이따금 서늘해지는 내 가슴을 온기로 가득 채워주고 있다. 나무마다, 산울타리마다 꽃다발을 이루니 이 향기의 바다를 떠다니며 마음껏 먹이를 찾아 먹는 한 마리 풍뎅이가 되고 싶다는 생각이 들어.

이 도시 자체는 쾌적하지 않다. 그 대신 이루 형언할 수 없는 아름다운 자연이 도시를 둘러싸고 있어. 그러니 작고 한 M 백작도 이곳에 자신의 정원을 꾸몄을 테지. 백작의 정원이 자리 잡은 언덕을 포함해 이 주변의 언덕들은 가로로 세로로 아름답고 다채로운 풍광을 펼치며 아늑하기 그지없는 골짜기를 이루고 있다. 정원은 단순해. 하지만 그 안으로 들어서는 순간 이 정원은 전문 정원사가 아니라 스스로 이곳을 즐기려는 사람이 설계했다는 사실을 한눈에 알 수 있지. 나는 이곳의 황폐해져 버린 정자에서 고인을 생각하며 이미 여러 번 눈물을 흘렸다. 이 정자는 백작이 즐겨 찾던 장소였고, 이제 내가 즐겨 찾는 장소이기도 해. 머지않아 나는 이 정원의 주인이 될 거다. 정원사도 알게 된 지 며칠 안 되었지만 내게 잘해주고 있어. 내가 주인이 되더라도 그 친구에게 나쁠 건 없겠지.

5월 10일

내 마음은 놀랍도록 명랑한 기운으로 가득하다. 봄날 아침과도 같이 달콤한 기분이야. 혼자지만 그래도 이곳에서 지내는 게 좋다. 이 지방은 실로 나 같은 사람을 위해 만들어진 곳이라는 생각이 든다. 빌헬름, 나는 평온한 생활에 젖어 매우 행복하게 지내고 있어. 그 덕분에 그림은 뒷전이 되었지. 지금은 도저히 그림을 못 그리겠다. 단 한 획도. 그럼에도 그 어느 때보다 위대한 화가가 되는 순간을 경험하곤 해. 나를 둘러싼 어여쁜 골짜기에서 안개가 피어오르고, 높이 뜬 태양조차 숲의 어둠을 뚫지 못한 채 숲 꼭대기에서 몇 줄기 햇살만을 숲 속 성전으로 살며시 밀어 넣는다. 그러면 나는 흘러내리는 계곡물 옆 무성한 수풀에 누워 땅에 닿을 듯 키 작은 수천 가지 풀을 신기하게 바라보곤 한다. 풀줄기 사이 작은 세상에서 형형색색의 수많은 땅벌레와 날벌레가 펼치는 분주한 움직임이 가슴에 와 닿을 때면 자신의 형상을 본떠 인간을 창조하신 조물주의 실재가 느껴져. 우리가 영원한 환희 속을 떠다닐 수 있도록 받쳐주시고 잡아주시는 자비로운 하느님의 숨결이 느껴지곤 해. 그러다 내 눈앞이 흐려지고 나를 둘러싼 세상과 하늘이 마치 사랑하는 사람의 모습처럼 내 마음속에 깃들 때면 나는 종종 갈망하며 이런 생각을 한다. '아! 이것을 그림으로 그릴 수 있다면! 내 마음속에 충만한, 이토록 따뜻하게 살아 숨 쉬는 느낌을 화폭에 토해낼 수 있다면! 내 영혼이 영원불멸의 하느님을 비추는 거울이듯이 그 그림은 내 영혼을 비추는 거울이 될 텐데!' 하지만 그러다가 힘이 빠져버린다. 이러한 현상이 내뿜는 장엄한 힘 앞에 그만 무릎을 꿇고 마는 거지.

5월 12일

내 주변이 온통 낙원처럼 느껴지는 건 왜일까? 수많은 정령이 이곳 주위를 떠다니기 때문일까, 아니면 내 마음속의 온화하고도 멋진 환상 때문일까? 이 마을 바로 앞에 샘터가 하나 있는데, 나는 마치 물의 요정 멜루지네와 그 자매들처럼 그곳의 마력에 사로잡히고 말았다. 자그마한 언덕을 내려가면 아치문이 나오고, 거기서 스무 계단쯤 내려가면 대리석 바위가 있는데 그 바위틈에서 맑디맑은 물이 솟아나온다. 샘을 두른 나지막한 담과 그 주위를 에워싼 키 큰 나무들 그리고 그곳의 서늘한 기운, 이 모든 것에 사람의 마음을 끄는 힘이 있어. 저항할 수 없는 마력이 있어. 나는 하루도 거르지 않고 이곳에 한 시간씩 앉아 있곤 하는데, 그럴 때면 시내에서 물을 길러 오는 아가씨들을 볼 수 있다. 물을 긷는 일은 아주 자연스럽고도 꼭 필요한 일이지. 옛날에는 왕의 딸도 했던 일이기도 하고. 그곳에 앉아 있으면 그 옛날 나이 든 족장들이 샘터에 모여 서로 안면을 트고 혼담을 나누던 모습이 생생하게 떠오른다. 그리고 착한 정령들이 샘터를 떠다니는 모습도. 여름날 힘든 방랑 끝에 시원한 샘물을 맛본 사람이 아니라면 이 느낌을 절대 알지 못할 거다.

5월 13일

내 책을 이리로 보내주겠다고? 아니! 제발 그러지 마! 이제 더는 지도나 격려 또는 자극을 받고 싶지 않다. 그러지 않아도 내 심장은 마구 요동치고 있어. 내게 필요한 건 자장가야. 그리고 그건 지금 내가 갖고 있는 호메로스의 시집에서도 얼마든지 찾을 수 있어. 그 시를 읽으며 피 끓는 마음

15

을 진정시킨 적이 얼마나 많았는지 모른다. 새삼스레 이런 말을 할 필요도 없지만, 내 마음이 얼마나 변덕스럽고 불안한지 너도 잘 알 거다. 너는 근심에 빠졌다가는 방탕으로 치닫고, 달콤한 우수에 젖었다가는 악령과도 같은 열정에 휩싸이는 나를 늘 지켜봐 왔으니까. 나도 내 마음을 병든 아이같이 여기고 있어. 병든 아이의 말은 무엇이든 들어주는 법이지. 하지만 이 말을 다른 사람에게 옮기지 않았으면 한다. 나를 못마땅하게 여길 사람도 분명 있을 테니까.

5월 15일

이곳의 신분 낮은 사람들과는 이미 낯을 익혀서 그들도 내게 잘해준다. 특히 아이들이 나를 잘 따른다. 처음에 그들에게 나를 소개하고 허물없이 이것저것 물어보았을 때는 놀리려는 줄 알고 매우 퉁명스럽게 대하는 사람도 있었어. 하지만 그 일로 나는 기분이 상하지는 않았다. 이미 여러 번 느껴왔던 사실을 이번에 분명히 확인했을 뿐이다. 약간 지위가 높은 사람들은 늘 차가운 태도로 평민과 거리를 두려한다는 사실 말이야. 그들은 평민과 가까워지면 손해 본다고 여기는 듯하다. 그런가 하면 평민 앞에서 더욱더 거만하게 굴기 위해 오히려 자신을 낮추는 사람도 있어. 불쌍한 사람을 상대로 못된 장난을 치는 경박하기 그지없는 이들이지.

나는 인간이 평등하지도 않고 평등할 수도 없다는 사실

을 잘 알고 있다. 하지만 위신을 지키기 위해 이른바 천민과는 거리를 두어야 한다고 생각하는 사람은 지는 것이 두려워 적 앞에서 몸을 숨기는 겁쟁이와 뭐가 다를까. 이런 사람들은 비난받아 마땅하다고 생각해.

지난번에 샘터에서 젊은 하녀 한 명을 만났다. 물동이를 계단 맨 아랫단에 놓아두고는 머리에 이는 걸 도와줄 사람이 오지 않나 주위를 살피는 눈치였어. 나는 계단을 내려가서 그녀의 얼굴을 바라보며 "아가씨, 도와드릴까요?" 하고 물었어. 그러자 그녀는 얼굴을 새빨갛게 붉히며 "아, 아니에요, 도련님!" 하고 말했어. 내가 "사양하지 않아도 돼요!"라고 말하자 그때서야 그녀는 똬리를 바로잡았다. 나는 그녀를 도와 물동이를 이어주었고, 그녀는 고맙다는 인사를 하고 총총히 계단을 올라갔어.

5월 17일

각계각층의 사람을 알게 되었지만 아직 교제할 만한 사람은 만나지 못했어. 내게 어떤 매력이 있는지 모르지만 많은 사람이 나를 좋아하고 잘 따라준다. 이 사람들과 함께 가는 길이 아주 짧은 길이라는 생각이 들면 마음이 아파진다. 이곳 사람들은 어떠냐고? 다른 지방 사람들과 별반 다르지 않아. 사람 사는 건 어디나 마찬가지니까. 사람들은 대부분 먹고사는 일로 바쁘지만, 잠깐이나마 시간이 남아 자유로워지면 어떻게 해서라도 그 자유로부터 벗어나려고 안간힘을 쓰지. 그게 바로 인간이다.

이곳 사람들이 참 좋다. 때때로 그들과 하나가 되어 인간에게 허락된 즐거움을 누릴 때면 나도 의욕이 충만해진다. 이를테면 훌륭하게 차린 식탁에 둘러앉아 마음을 터놓고 이런저런 얘기를 나누거나, 마차를 타고 나들이를 가거나, 무도회를 열거나 할 때 말이다. 하지만 내게 잠재해 있는 다른 많은 재능에 생각이 미치는 순간 의욕이 모두 사라져버려. 사용되지 않은 채 썩고 있는 재능과 남들 눈에 띄지 않도록 세심하게 감춰야 하는 재능을 생각할 때면 의욕 상실에 빠지고 만다. 아! 그 생각을 하니 지금도 가슴이 옥죄는 느낌이다. 그래, 제대로 이해받지 못하는 일. 그것이 우리 같은 사람의 운명인 것 같다.

아! 소싯적의 여자 친구가 끝내 세상을 떠나다니! 차라리 만나지 않았더라면 좋았을 텐데! 하늘 아래 불가능한 일을 갈구하다니, 이런 내가 참 바보 같다는 생각이 든다. 하지만 그녀는 내 곁에 있었고, 나는 그녀의 마음을 느꼈어. 그 위대한 정신 앞에서 나는 실제보다 더 위대한 사람이 된 듯했지. 내가 할 수 있는 일은 무엇이든 했으니까. 아! 정말이지 그때 내 정신적 재능 가운데 사용하지 않은 것이 하나라도 있었단 말인가? 그녀 앞에서 내 마음은 자연을 품은 듯 대단히 멋진 기분이 들지 않았던가? 우리 교제는 지극히 섬세한 감성을 엮어 한없이 짜나가는 직물과도 같았다. 반짝이는 위트와 그 변형, 나아가 파격까지! 그 모든 것이 천재성을 증명해주었지. 그랬는데…… 나보다 몇 해 더 살았다고 먼저 무덤으로 가다니! 나는 그녀를 결코 잊을 수가 없다. 그녀의 굳은 마음과 천사와도 같은 너그러움을 잊을 수가 없어.

며칠 전에 V라는 청년을 만났다. 얼굴이 복스럽게 생기고 성품이 솔직한 청년이었어. 이 청년은 대학을 갓 졸업했는데, 스스로 현명하다고 생각하지는 않지만 다른 사람들보다 많이 안다고 자부하는 것 같았다. 실제로 모범생이었을 거야. 어느 모로 보나 그래 보였어. 한마디로 아는 것이 많더군. 그는 내가 그림을 잘 그릴 뿐만 아니라 그리스어도 할 줄 안다는 말을 듣고 내게 다가왔어. 이 나라에서 그림과 그리스어는 혜성과도 같은 주목의 대상이니까. 그러고는 아는 것을 많이도 늘어놓더라. 바퇴(Charles Batteux, 18세기 프랑스 철학자—옮긴이)에서 우드(Robert Wood, 18세기 영국 여행가이자 정치가—옮긴이)까지, 드 필레(Roger de Piles, 17세기 프랑스 화가이자 미술이론가—옮긴이)에서 빙켈만(Johann J. Winckelmann, 18세기 독일 미술사가—옮긴이)까지 늘어놓더군. 그뿐 아니라 술처(Johann G. Sulzer, 18세기 스위스 신학자이자 철학자—옮긴이)의 이론 제1부를 완전히 독파했다고 힘주어 말했어. 하이네(Christian G. Heyne, 18세기 독일 고전어문학자—옮긴이)의 고대 연구를 다룬 원고를 소장하고 있다는 말도 하더군. 나는 그가 떠들도록 그냥 내버려두었다.

또 한 사람도 알게 되었다. 매우 훌륭한 분이지. 공국 고

위 관리로 솔직하고 충직한 사람이야. 자녀를 아홉이나 두었는데, 다들 그분이 아이들과 어울리는 모습은 보기만 해도 즐거운 광경이라고 말하더군. 특히 장녀에 대한 칭송이 자자해. 그분이 내게 놀러 오라고 청하셨으니 조만간 찾아뵐 생각이다. 여기서 한 시간 반 거리에 있는 영주의 수렵 별장에 사는데, 부인이 세상을 떠나자 영주의 허락을 받아 시내에서 그곳으로 이사했다고 하더군. 부인과 함께 살던 관사에서 계속 살기가 고통스러웠겠지.

그 밖에 몇몇 괴짜도 만났다. 그치들이 하는 짓은 죄다 역겨웠다! 특히 내게 친한 척할 때는 정말 참기 힘들더군.

잘 있어! 이번 편지는 네 마음에 들 거란 생각이 드는군. 매우 사실적으로 썼으니까.

5월 22일

이미 여러 사람이 인생은 한갓 일장춘몽이라고 생각했듯이 나 또한 그 생각에서 벗어날 수가 없다. 활동하고 탐구하는 인간의 능력이 한정된 범위에서만 작용하니 말이다. 인간의 모든 능력이 욕구를 충족하는 일에만 집중되어 있는 것 같아. 그 욕구란 것도 하찮은 우리 삶을 연장하려는 것일 뿐 그 외에는 아무런 목적도 없는데 말이야. 인간은 욕구를 충족시키려고 애쓰는 과정에서 어느 지점을 넘어서면 만족을 얻는데, 그 만족도 사실은 몽환적인 체념일 뿐이다. 그때가 되면 인간은 자신을 가둔 감옥의 벽에 화려한 그림을 그리고 밝은 희망으로 색을 칠하겠지. 빌헬름, 이 모든 것이 내 입을 다물게 해. 나는 나 자신으로 돌아와 거기서 어떤 세계를 발견한다. 실현이나 생동하는 힘에서가 아니라 예감과 막연한 욕망 속에서 말이야. 거기서는 모든 것이 내 오감 앞을 떠다닌다. 그러면 나는 꿈꾸듯 미소를 띠며 그 세계로 빠져들지.

아이들은 무엇을 원하면서도 그 이유를 모른다. 이 점에 대해서는 학식이 높은 학교 선생님이나 가정교사 모두가 동의하지. 그런데 어른들도 마찬가지야. 이 땅에서 이리저리 배회하면서 어디서 왔는지, 어디로 가는지 도통 모르니까. 진정한 목적을 추구할 줄도 모르고, 그저 비스킷이나 케이크 또는 자작나무 회초리에 조종당할 뿐이다. 이런 사실을 아무도 시인하려 하지 않아. 내가 보기에는 손에 잡힐 듯 분명한데도 말이야.

나도 이런 소리를 하면 네가 뭐라고 말할지 잘 안다. 솔직히 나도 하루하루를 어린아이처럼 살아가는 사람이 가장 행복할 거라고 생각해. 가는 곳마다 인형을 안고 다니며 옷을 입혔다가 벗기고, 엄마가 달콤한 빵을 넣고 잠가버린 찬장에 관심을 기울이며 그 주변을 서성이다가 마침내 먹고 싶어 하던 빵을 얻어 양 볼이 터지도록 입에 넣은 뒤 "더 줘!" 하고 외치는 아이들을 생각해봐. 이런 아이들처럼 사는 사람은 행복한 피조물이지. 또 자신이 하는 하찮은 일과 그 일에 쏟는 열정에 요란한 이름을 붙이고, 그것이 인류 복지를 증진시킬 거창한 사업이라고 떠드는 사람도 행복한 사람이다. 그럴 수 있는 이들이 행복한 사람이지. 하지만 겸손한 마음으로 이 모든 것이 무슨 의미가 있는지 생각하는 사람도 있어. 이런 사람은 작은 정원을 낙원처럼 멋지게 꾸미고 거기서 행복을 느끼는 사람을 보거나, 짐을 진 채 숨을 헐떡이면서도 쉬지 않고 제 갈 길을 가는 딱한 사람을 보면서 이들 모두가 바라는 일은 햇빛을 일 분이라도 더 보는 것이라는 사실을 깨닫게 되겠지. 이들은 조용히 자기 자신만으로 이룩된 세계를 만들고 인간이라서 행복하다는 생각을 하게 돼. 그러면 이 사람은 비록 갇혀 있을지언정 가슴속에는 언제나 달콤한 자유의 느낌을 품게 되겠지. 마음만 내키면 언제든 그 감옥을 벗어날 수 있다는 느낌을 말이야.

5월 26일

너도 이미 오래전부터 잘 알다시피 나는 어디든 아늑한 곳에 오두막을 짓고 아주 소박하게 사는 것을 꿈꾸어왔다.

이곳에서도 내 마음에 드는 장소를 하나 찾아냈어.

시내에서 한 시간쯤 걸리는 곳에 발하임*이라는 마을이 있다. 산자락을 따라 매우 흥미로운 형세를 띤 마을이지. 언덕 위에서 오솔길을 따라 마을로 들어서면 어느 순간 골

---

* 필요에 따라 실제 지명과는 다르게 적은 것이므로 독자들은 이 마을을 찾느라 애쓰지 말기 바란다.

짜기 전체가 한눈에 들어오는 곳이다. 그곳에 와인과 맥주, 커피 등을 파는 카페가 있는데 주인아주머니가 나이에 비해 쾌활하고 싹싹해. 무엇보다 교회 앞 작은 뜰에 서 있는 보리수 두 그루가 눈에 띄었어. 사방으로 넓게 펼쳐진 보리수 가지가 뜰을 온통 뒤덮고 있지. 그리고 그 뜰 주위를 농부들의 집과 헛간, 뜨락이 에워싸고 있다. 이토록 아늑하고 아름다운 장소를 찾기란 절대 쉬운 일이 아니지. 나는 카페의 테이블과 의자를 뜰로 내오게 한 뒤 거기 앉아서 호메로스를 읽는 즐거움을 누리고 있다. 좋아하는 커피도 마시면서 말이야.

어느 화창한 오후, 처음 우연히 그 보리수 아래에 오게 되었다. 모두 들에 일하러 나갔는지 주변이 너무도 조용해 보였지. 그때 네 살쯤 되어 보이는 사내아이 하나가 동생을 품에 안고 땅바닥에 앉아 있었다. 아이는 여섯 달쯤 되어 보이는 동생을 자신의 양 다리 사이에 앉히고 두 팔로 꼭 안고 있었지. 마치 자신이 의자인 것처럼 앉아 있더군. 그 아이는 검은 눈동자로 연신 주변을 둘러볼 뿐 얌전히 앉아 있었다. 그 모습이 어쩌나 흐뭇하던지! 나는 맞은편에 세워놓은 쟁기에 걸터앉아 즐거운 마음으로 형제의 모습을 그렸다. 바로 옆에 있는 울타리와 헛간 문 그리고 부서진 수레바퀴 몇 개도 그려 넣었지. 모든 것을 있는 그대로 차례차례 그리다 보니 한 시간 뒤에는 구도가 잘 잡힌 멋진 그림이 완성되더군. 임의로 덧붙인 것은 전혀 없는데도 말이야.

그 순간 나는 앞으로 오직 자연만을 따르겠다고 굳게 결심했다. 자연만이 한없이 풍요롭고, 자연만이 위대한 예술가를 낳는 법이니까. 물론 규범의 장점도 많다. 이를테면 시민사회를 찬양할 때 하는 말이 그런 것들이지. 규범에 따라 교육받은 사람은 천박한 행동이나 못된 짓을 하지 않고, 법도와 미풍양속을 지키는 사람 가운데 역겨운 이웃이나 괴이한 악인은 없을 테지. 그렇긴 해도 규범은 어떤 것이든 간에 자연의 순수한 느낌과 그 생생한 표현을 파괴하고 만다. 너무 심한 말이라고? 규범은 단지 절제를 위한 것, 웃자란 포도 넝쿨을 쳐내는 것이라고? 물론 그렇게 말할 수도 있겠지.

빌헬름, 내가 비유를 하나 들어볼게. 사랑에 관한 거다.

어느 젊은이가 한 아가씨에게 마음을 온전히 빼앗겼다. 그래서 온종일 그 아가씨 곁에 붙어서 그녀에게 헌신한다는 사실을 매 순간 보여주려고 노력과 재물을 아끼지 않았지. 그때 공직에 있는 어떤 속물이 젊은이에게 다가와 이렇게 말했다.

"이보게, 젊은 친구! 사랑은 인간적인 거야. 그러니 연애도 인간적으로 해야지! 시간을 나눠서 일하는 시간에는 일하고 노는 시간에 아가씨를 만나게. 자네 재산도 따져봐. 꼭 필요한 만큼을 뺀 그 나머지를 아가씨에게 쓴다면 그건 말리지 않겠어. 선물도 너무 자주 하면 안 돼. 생일이나 수호성인의 날 같은 때만 하라고!"

젊은이가 그 사람의 말을 따른다면 아마도 쓸 만한 사람이 되겠지. 나라도 그 젊은이를 관리로 등용하라고 영주들에게 천거하겠어. 하지만 그의 사랑은 그것으로 끝이다. 만약 그가 예술가라면 그의 예술도 끝장이 나는 거지. 아! 천재의 봇물은 어찌 그리 드물게만 터지는 걸까? 왜 좀 더 자주 집채만 한 파도가 되어 우리 정신을 흔들어놓지 않는 걸까? 그 이유는 봇둑 양편으로 점잖은 양반들이 살고 있기 때문이다. 그들은 홍수가 나면 자기네 정원의 정자와 튤립 화단, 풀밭이 망가질까 봐 제때 둑을 쌓고 물길을 돌려 위험한 사태를 미연에 방지할 줄 아는 사람들이니까.

5월 27일

생각해보니 비유와 열변을 토하느라 흥분한 나머지 그 아이들이 어떻게 되었는지 이야기한다는 걸 깜빡하고 말았다. 어제 쓴 편지에서 잠시 말했듯이 나는 완전히 화가가 된 기분으로 족히 두 시간을 쟁기에 앉아 있었다. 저녁때가 되자 팔에 광주리를 낀 젊은 여인이 아이들 쪽으로 걸어왔는데, 아이들은 그때까지도 꼼짝하지 않고 있었어. 여인은 멀리서부터 "필립스, 기특하기도 해라!" 하고 외쳤다. 여인이 내게 인사했고 나도 답례를 하면서 자리에서 일어났다. 내가 여인에게 다가가 아이들의 어머니냐고 물었더니 여인은 그렇다고 대답했어. 여인은 아이에게 반으로 자른 둥근 빵을 준 다음 동생을 안아 올렸다. 그러고는 어린 동생에게 어머니의 사랑이 듬뿍 담긴 입맞춤을 했다. 그러더니 여인은 "필립스에게 어린것을 맡기고 시내에 가서 흰 빵과 설탕과 옹기 냄비를 사오는 길이에요"라고 말했다. 뚜껑이 벗겨진 광주리 안으로 물건들이 보였지. 그 여인이 말했다.

"저녁에 한스(막내아이 이름)에게 수프를 끓여주려고요. 어제 천방지축 큰놈이 수프를 차지하겠다고 필립스와 다투다 냄비를 깨뜨렸지 뭐예요."

내가 장남은 어디에 있느냐고 물었더니 풀밭에서 거위를 쫓는 중이라고 대답했어. 그런데 그 말이 채 끝나기도 전에 큰아이가 뛰어오더니 둘째에게 개암나무 가지 하나를 건네주었다. 나는 그 여인과 대화를 나누면서 그녀가 학교 선생님의 딸이라는 것을 알았다. 그녀의 남편은 사촌 형의 유산을 찾아오려고 스위스에 갔다고 했다. 그리고 여인은 덧붙였다.

"사람들이 남편을 속이려고 했어요. 편지를 보내도 아무런 회신이 없기에 그이가 몸소 간 거예요. 제발 무사해야 할 텐데! 떠난 뒤로 남편 소식을 전혀 듣지 못했어요."

나는 그 여인을 두고 발길을 돌리기가 쉽지 않았다. 그래서 아이들에게 1크로이처짜리 동전을 하나씩 쥐여준 다음 막내아이 몫은 어머니에게 맡기면서 시내에 가거든 수프에 곁들여 먹을 빵을 사주라고 했어. 그러고는 헤어졌지.

빌헬름, 나는 마음이 뒤숭숭할 때 이런 사람들을 보면 마음속의 동요가 모두 가라앉는 것 같다. 빤한 생활권을 여유

롭고도 즐겁게 맴돌며 하루하루 살아가는 사람들, 낙엽이 지는 모습을 보면 겨울이 온다고 생각할 뿐 다른 생각은 하지 않는 사람들을 보면 말이야.

그 이후로 종종 나는 그곳에 가곤 한다. 아이들은 이제 내 앞에서도 허물없이 군다. 내가 커피를 마실 때면 설탕을 얻어먹거나 저녁때는 버터 빵과 요구르트를 나눠 먹곤 하지. 일요일에는 빼먹지 않고 아이들에게 1크로이처씩 주고 있다. 카페 아주머니에게 예배 시간이 지나도 내가 나타나지 않으면 나 대신 돈을 주라고 일러두었지.

아이들은 나와 친해져서 여러 가지 이야기를 들려준다. 특히 마을 아이들까지 함께 와서 모일 때 그 아이들의 열정이나 거리낌 없이 욕망을 드러내는 모습을 보면 얼마나 즐거운지 모른다.

아이들 어머니는 내게 폐라도 끼칠까 봐 마음이 쓰이는 모양이다. 그럴 때면 나는 아니라고 그녀를 안심시키느라 애를 먹곤 해.

5월 30일

며칠 전 그림에 대해 한 말은 분명 문학에도 해당하는 말일 거다. 문학은 빼어난 것을 알아보고 그것을 말로써 표현하는 작업이니까. 물론 간결한 표현으로 많은 것을 말할 수 있어야 한다. 오늘 어떤 광경을 보았는데, 그것을 글로 옮길 수만 있으면 세상에서 가장 아름다운 전원시가 되겠지. 그런데 문학이니 광경이니 전원시니 하는 게 다 뭐란 말인가? 인간이 자연현상을 꼭 그렇게 공들여 표현해야만 자연과 하나가 되는 건 아니라고 생각한다.

이런 식으로 말을 꺼내니 뭔가 숭고하고 고상한 이야기를 할 거라고 기대하겠지? 실망시켜서 미안하지만 그런 건 아니다. 내 마음을 이토록 강렬하게 잡아끈 사람은 평범한 농군이었다. 늘 그렇듯이 내 묘사는 서툴 테고, 너는 또 늘 그렇듯이 내가 과장한다고 생각하겠지. 이번에도 발하임인데, 이렇게 특이한 일은 언제나 그곳에서 일어나는군.

교외 보리수 아래에서 다과회가 열렸다. 그런데 그 모임이 나하고는 그리 맞지 않아 핑계를 대고 슬그머니 빠져나왔어.

바로 그때 근처의 어느 집에서 젊은 농군 하나가 나오더니 며칠 전 내가 그렸던 쟁기를 손보았다. 나는 그 농군의 일하는 품이 마음에 들어 말을 걸고 이런저런 신상 이야기를 물어보았다. 우리는 금세 친해졌어. 나는 늘 이런 사람들과 쉽게 친해진다. 그 농군은 어느 과부의 집에서 일하는 사람인데, 여자 주인이 대우를 꽤 잘해주는 모양이다. 침이 마르게 그 여주인을 칭송하는 걸 보니 말이야. 그 여인을 끔찍이 사모하고 있다는 사실을 금방 눈치 챌 정도였다. 그 젊은이 말로는 여주인이 나이가 꽤 들었으며 전남편이 하도 못되게 굴어서 다시는 결혼하지 않으려 한다고 했다. 그런데 그의 말을 듣고 있자니 그가 여인을 얼마나 아름답고 매

혹적으로 생각하는지 불 보듯 훤히 보이더라. 그녀가 전남편 때문에 고생한 기억을 말끔히 잊기 위해서라도 자신과 결혼해주기를 간절히 바라는 눈치였어. 이 남자의 순수한 마음을, 그 사랑과 충정을 느낄 수 있도록 묘사하려면 그의 말 한 마디 한 마디를 그대로 옮겨야만 할 것 같다. 아니, 그 몸짓, 그 조화로운 목소리, 그 눈빛에 드러난 은밀한 열정을 한 번에 생생하게 묘사하려면 뛰어난 문학적 재능을 타고나야 한다는 생각이 든다. 아니, 그 어떤 말로도 그의 얼굴에, 그의 온몸에 흘러넘치는 세심한 사랑을 표현할 수는 없을 거다. 나는 그저 어설프게 전달할 수밖에 없겠지. 내가 그 여인과 그의 관계를 이상하게 여기지나 않을지, 그 여인의 행실을 의심하지 않을지 불안해하는 그의 모습이 참으로 감동적이었다. 그가 그 여인의 자태를 묘사하면서 비록 젊음의 탄력은 스러졌을지언정 그녀의 몸매는 자신을 매우 격렬하게 끌어당겨 꼼짝 못 하게 한다고 말할 때 내가 얼마나 그에게 마음이 끌렸는지 짐작이나 할까? 그의 모습을 재현하는 것은 내 마음 가장 깊은 곳에서만 가능한 일일 거다. 내 평생 이처럼 강렬한 욕망이, 그러니까 동경과 갈망이 이토록 순수하게 나타나는 모습은 본 적이 없다. 그래, 이토록 순수한 욕망은 생각해본 적도, 꿈꿔본 적도 없는 것 같다. 그 순결하고 진실한 마음을 떠올릴 때면 내 마음속 깊은 곳이 환하게 밝아지는 느낌이다. 충정과 애정이 흐르는 그 모습을 잠시도 눈앞에서 떨칠 수가 없어. 그리고 나 자신도 그 욕망의 불이 옮겨붙기나 한 듯 목이 타고 애가 탄다. 이런 소리를 한다고 탓하지 말아주기 바란다.

얼른 그 여인을 볼 수 있으면 좋겠다. 아니, 다시 생각해보니 차라리 안 보는 것이 좋겠다. 정인(情人)의 눈을 통해서 보는 편이 더 나을 것 같아. 내 눈으로 직접 보면 지금 내 눈앞에 어리는 모습과 다를지도 모르지. 내가 왜 이 아름다운 모습을 깨버리겠는가.

6월 16일

왜 편지를 쓰지 않느냐고? 배웠다는 사람이 그것도 모르겠나? 잘 지내니 안 쓴다는 걸 알 텐데! 단도직입적으로 말해 내 마음을 설레게 하는 사람을 만났다. 나는 지금 뭐라고 말해야 좋을지 모르겠어.

정말로 사랑스러운 여인을 알게 되었다. 그런데 그 과정을 차근차근 이야기하기는 쉽지 않을 것 같다. 기쁨에 들떠있어 역사책을 쓰듯 찬찬히 써질 리가 없겠지.

그녀는 천사야! 물론 누구나 자신이 연모하는 여인을 이렇게 표현하지. 나도 진부한 표현인 줄은 알지만 그녀가 얼마나 완벽한지, 어째서 완벽한지 설명할 방도를 모르겠다. 어쨌든 나는 그녀에게 마음을 송두리째 빼앗겨버렸어!

순수하면서도 현명하고, 선량하면서도 야무지고, 매사에 침착함을 잃지 않는…….

방금 한 말은 모두 상투적인 표현에 지나지 않는다. 그녀의 특징을 단 하나도 제대로 그리지 못한 역겨운 추상화일 뿐이지. 다음에 이야기하자. 아니야, 지금 해야겠다. 지금이 아니면 영영 못할 것 같다. 우리끼리니까 말인데, 편지를 쓰기 시작한 후 지금까지 말을 타고 달려가고 싶어 벌써 세 번이나 펜을 내려놓았다. 오늘 아침에 가지 않겠다고 스스로 맹세해놓고는 매 순간 창밖을 보며 해가 얼마나 남았는지 확인하는 꼴이라니!

결국 참지 못하고 그녀에게 달려가고 말았다. 그리고 이제 돌아왔어. 저녁 식사를 한 다음 다시 써야겠다. 귀엽고 명랑한 동생들, 그것도 여덟 명이나 되는 동생에게 둘러싸여 있는 그녀의 모습을 보노라면 내 마음이 얼마나 황홀한지 표현할 길이 없다.

이런 식으로 계속 쓰다가는 결국 네게 아무것도 말해주지 못할 것 같다. 이제부터 자세히 이야기할 테니 잘 들어봐.

얼마 전에 내가 S씨라는 정무관을 알게 되었다고 말한 적이 있지? 그분이 자신의 은신처에, 아니 작은 왕국에 놀러오라고 했다는 말도 했지. 나는 찾아뵙기를 차일피일 미루고 있었는데, 우연히 그 외진 곳에 숨어 있는 보물을 찾아냈다. 그 일이 아니었으면 아마도 끝내 가지 않았을 거야.

내 또래 젊은이들이 교외에서 무도회를 연다기에 기꺼이 참석하기로 했다. 나는 이곳에 사는 어느 아가씨에게 파트너가 되어달라고 청했지. 착하고 예쁘기는 하지만 그 밖에는 그저 평범한 아가씨야. 나는 마차를 한 대 불러 그 아가씨와 그녀의 사촌 여동생을 태우고 목적지로 출발했다. 우리는 가는 길에 수렵 별장에 들러 샬로테 S라는 아가씨도 함께 태워가기로 했지. 마차가 탁 트인 숲을 지날 무렵 내 파트너 아가씨가 이렇게 말했다.

"참한 아가씨를 만나게 될 거예요."

그러자 사촌 여동생이 거들었다.

"반하지 않도록 조심하세요."

내가 "왜죠?"라고 묻자 내 파트너 아가씨가 설명해주었다.

"그녀에겐 약혼자가 있거든요. 아주 훌륭한 청년이죠. 그런데 지금은 아버님이 돌아가셔서 여러 가지 일도 정리하고 괜찮은 일자리도 알아볼 겸 이곳을 떠나 있어요."

나는 그 이야기를 건성으로 들어넘겼다.

마차가 별장 문 앞에 도착했을 때는 십오 분 뒤면 해가 산 너머로 기울 시간이었다. 날씨는 무척 후텁지근한 데다가 사방에서 우중충한 잿빛 구름이 지평선을 향해 몰려들고 있었지. 나는 뇌우를 걱정하는 두 아가씨를 엉터리 기상 지식으로 안심시키긴 했지만, 곧바로 그날의 여흥이 깨질 것만 같은 예감이 들기 시작했다.

내가 마차에서 내리자 하녀가 문 밖으로 나오더니 로테 아가씨가 곧 나오실 테니 잠시만 기다려달라고 말했다. 나는 뜰을 지나 근사하게 지은 건물 앞으로 걸음을 옮겼다. 그리고 계단을 올라 현관 안으로 들어서자 놀랍도록 아름다운 광경이 눈앞에서 펼쳐졌다. 그토록 아름다운 광경은 내 평생 처음이었다. 거실에는 두 살부터 열한 살쯤 되어 보이는 아이 여섯 명이 아리따운 아가씨를 에워싸고 아우성을 치고 있었어. 그 아가씨는 보통 키에 수수한 흰색 드레스를 입고 팔과 가슴에는 분홍빛 리본을 달고 있었지. 그녀는 자신을 둘러싼 아이들의 나이와 식욕에 맞춰 흑빵을 잘라 나눠주었는데, 아이들 한 명 한 명을 지극히 다정하게 대했다. 고사리손을 높이 치켜들고 한참을 기다린 아이들은 빵을 받자 뛸 듯이 좋아하며 고맙다고 말했다. 그러고는 빵을 들고 흡족해하며 껑충껑충 뛰어다니거나 얌전하게 걸어서 현관 쪽으로 갔어. 손님들도 보고, 로테가 타고 갈 마차도 구경할 생각인 듯했다. 그때 그녀가 말했다.

"여기까지 오시게 하고 여자 분들을 기다리게 해서 죄송해요. 옷을 갈아입고, 제가 없는 동안 해두어야 할 집안일을 하느라 동생들 저녁밥 챙기는 걸 깜빡했지 뭐예요. 동생들은 제가 빵을 나눠주지 않으면 먹으려 하지 않거든요."

나는 의례적으로 인사치레를 하긴 했지만 그녀의 모습과 목소리, 거동에 온 정신을 빼앗기고 말았다. 그녀가 장갑과 부채를 챙기러 방으로 들어간 후에야 비로소 정신을 차렸지. 아이들은 조금 떨어진 곳에서 힐끔거리며 나를 쳐다보았어. 나는 나이가 가장 어리고 얼굴이 복스럽게 생긴 꼬마에게 다가갔다. 그러자 아이는 한 발 물러섰는데, 그때 마침 로테가 문을 열고 나와 "루이스, 사촌 형에게 악수를 청해야지"라고 말하자 녀석이 순순히 손을 내밀었다. 어찌나 귀엽

던지! 아이는 콧물을 흘리고 있었지만 나는 아랑곳하지 않고 입을 맞추고 말았어. 나는 로테에게 손을 내밀며 "사촌형이라고요? 저를 아가씨의 친척으로 생각해주시니 영광입니다"라고 말했다. 그러자 로테는 옅은 미소를 띠며 "아, 저희는 친척이 아주 많아요. 도련님 같은 분이 그럴 자격이 없다면 무척 섭섭한 일이죠"라고 말했다. 로테는 떠나기 전에 열한 살쯤 되어 보이는 바로 아래 여동생 소피에게 동생들을 잘 돌보고 말을 타고 바람 쐬러 간 아버지가 돌아오시면 인사를 잘하라고 일렀다. 다른 동생들에게는 소피를 큰언니로 생각하고 말을 잘 들으라고 했다. 그러자 몇몇 아이는 그러겠다고 시원하게 대답했지만 여섯 살쯤 된, 금발의 되바라진 꼬맹이는 토를 달더군.

"그래도 소피 언니는 로테 언니가 아니야. 우린 로테 언니가 더 좋아."

그 와중에 큰 사내 녀석 둘은 마차에 매달려 있었다. 내가 나서서 숲 앞까지만 매달려 따라오게 하자고 제안하자 로테는 아이들에게 허락하는 대신 장난치지 않고 꼭 붙잡고 있겠다는 약속을 받아냈다.

우리가 마차에 올라 자리를 잡자마자 여인들은 돌아가며 옷차림에 대해, 특히 모자에 대해 한마디씩 하기 바빴다. 어느덧 화제가 그날 만날 다른 사람들에게 이르자 로테는 마차를 세워달라고 한 뒤 동생들을 마차에서 내리게 했다. 동생들은 다시 한 번 로테의 손에 입을 맞추며 인사했어. 큰 녀석은 열다섯이라는 나이답게 아주 부드럽게 입을 맞춘 반면, 작은 녀석은 서둘러 건성으로 해치우더군. 로테는 동생들을 재촉해 우리에게 거듭 인사하라고 시켰고, 우리는 다시 출발했다.

내 파트너 아가씨의 사촌 여동생이 로테에게 며칠 전에 보내준 책을 다 읽었느냐고 물었다. 로테는 "아니요, 제가 좋아하는 책이 아니라서 다 못 읽었어요. 다시 돌려드릴게요. 지난번에 보내주신 책도 마찬가지였어요"라고 대답했다. 나는 그것이 무슨 책이냐고 물었고, 곧이어 로테의 대답에 놀라지 않을 수 없었다.[*] 그녀의 말에는 자신의 개성이 또렷하게 묻어났다. 말 한마디를 할 때마다 신선한 매력이 넘치고, 표정이 바뀔 때마다 새로운 지성이 빛을 발했다. 로테는 내가 자신을 이해해준다고 느꼈는지 표정이 점점 밝아지는 것 같았어. 그녀가 얼굴에 미소를 띠며 말했다.

"예전에는 소설보다 더 좋은 게 없었어요. 일요일이면 어디든 구석진 곳에 앉아 미스 제니 같은 여주인공의 행복과 불행에 울고 웃었죠. 지금도 그런 작품을 좋아하긴 하지만 도통 책 볼 시간이 나지 않아 제 취향에 딱 맞는 것만 읽는답니다. 저는 작품 속에서 자신의 삶을 확인할 수 있는 책이 좋아요. 주인공의 삶이 제 삶과 유사하게 펼쳐질 뿐만 아니

---

[*] 젊은 독자 개개인의 평가에 마음을 쓸 작가는 아무도 없겠지만, 혹여 불쾌하게 생각하는 일이 없도록 책 제목이 나와 있는 부분은 삭제했다.

라 마치 제 가정의 일상과 같이 흥미롭고 진실한 이야기 말이에요. 물론 제 가정이 낙원은 아니지만, 크게 보면 마르지 않는 행복의 샘이라고 할 수 있죠."

나는 로테의 말에 감동을 드러내지 않으려 애썼지만 그 노력은 오래가지 못했다. 로테가 《웨이크필드의 시골 목사》 등*에 대해 스쳐 지나듯 한 말은 핵심을 정확히 찌르는 말이었기에 나는 자제심을 잃고 그녀에게 하고 싶은 말을 모조리 해버리고 말았어. 잠시 후 로테는 다른 두 아가씨에게 말머리를 돌렸는데, 나는 그제야 비로소 두 사람이 눈만 멀뚱멀뚱 뜬 채 마치 그 자리에 없는 듯 앉아 있었다는 사실을 깨달았다. 사촌 여동생은 몇 번이나 비웃는 듯한 눈초리로 바라보았지만 나는 전혀 개의치 않았어.

대화는 춤 이야기로 넘어갔는데, 로테는 이렇게 말했다.

"춤을 좋아하는 일이 흉이 될지라도 솔직히 저는 춤보다 더 좋은 게 없어요. 머릿속이 복잡할 때 조율도 안 된 제 피아노로 콩트르당스(contredance, 19세기 유럽 귀족층에서 유행한 춤 또는 춤곡—옮긴이)를 두드리고 있으면 머리가 다시 맑아지거든요."

대화를 나누는 동안 나는 그녀의 검은 눈동자를 바라보며 얼마나 황홀했는지 모른다. 생기 넘치는 입술과 건강하

---

* 여기서도 몇몇 독일 작가의 이름을 생략했다. 로테의 말에 공감하는 독자라면 이 부분에서 그 작가의 이름을 충분히 짐작했을 것이다. 만일 공감하지 않는다면 굳이 알 필요가 없을 거라고 생각한다.

고 풋풋한 뺨을 얼마 동안 넋을 놓고 바라보았는지……. 나는 로테의 말에 담긴 훌륭한 뜻에 감동한 나머지 그녀의 말을 몇 번이나 놓치고 말았다. 상상할 수 있겠지? 너는 나를 잘 아니까. 간단히 말해 나는 무도회 장소에 도착해서도 몽롱한 상태로 마차에서 내렸고, 사위에 깔리는 어스름과 함께 꿈속으로 아련히 빠져들었다. 환하게 불을 밝힌 홀에서 흘러나오는 음악 소리도 내 귀에는 거의 들리지 않았어.

두 신사가 마차 앞까지 와서 우리를 맞이했다. 사촌 여동생의 파트너와 로테의 파트너였다. 한 사람은 아우드란이었고, 또 한 사람의 이름은 기억이 나지 않는다. 그들의 이름을 어떻게 다 기억하겠어? 두 사람은 각자의 파트너에게 팔을 내주었고, 나도 내 파트너를 데리고 저택으로 올라갔다.

우리는 서로 주위를 빙글빙글 돌며 미뉴에트를 추었다. 나는 숙녀들에게 차례로 춤을 청했는데, 달갑지 않은 파트너일수록 한번 손을 잡으면 놓을 줄을 몰랐다. 로테 커플은 영국 민속춤을 추기 시작했다. 그러다 나와 같은 대열에서 로테가 춤동작을 시작했을 때 내 기분이 어땠을지 짐작할 수 있겠지? 아! 로테가 춤추는 모습을 너도 한 번 봐야 한다고! 그녀는 완전히 몰입해서 춤을 추는 것 같았다. 몸 전체가 완벽한 조화를 이루고, 아무런 근심도 없는 사람처럼 자유로워 보였어. 마치 춤이 그녀의 전부인 것처럼 보였어. 춤 외에는 아무것도 생각하지 않고, 아무것도 느끼지 않는다는 듯한 모습이었다. 실제로 그 순간에는 춤을 제외한 모든 것이 그녀에게서 멀리 사라지는 것 같았지.

나는 로테에게 두 번째 콩트르당스를 추자고 요청했지만 그녀는 세 번째에 허락했다. 그러고는 세상에서 가장 사랑스럽고 솔직한 태도로 자신은 독일 춤을 정말 좋아한다고 말하고 이렇게 덧붙였다.

"이곳에서는 독일 춤을 출 때 자신의 파트너와 함께 추는 것이 유행이에요. 그런데 제 파트너는 왈츠를 잘 못 추니 제가 쉽게 해주면 고마워할 거예요. 베르터 씨의 파트너도 왈츠를 출 줄 모르고 좋아하지도 않아요. 제가 영국 춤을 출 때 보니 베르터 씨는 왈츠를 잘 추시더군요. 그러니 독일 춤을 저와 함께 추실 용의가 있다면 제 파트너에게 가서 양해를 구하세요. 저는 베르터 씨 파트너에게 가서 말할게요."

나는 그 제안에 동의했고, 로테의 파트너에게 왈츠를 추는 동안 내 파트너를 상대해달라고 부탁했다. 드디어 시작이다! 우리는 한동안 여러 모양으로 팔을 엮어가며 즐겁게 춤을 추었다. 그녀의 몸놀림은 어찌나 우아하던지! 어찌나 가볍던지! 드디어 왈츠가 시작되었고, 우리는 서로 안은 채 천체와도 같이 빙글빙글 돌았어. 왈츠를 잘 추는 사람이 별로 없었던 탓에 처음에는 좀 뒤엉키고 말았지. 하지만 우리는 서툰 커플들이 먼저 추고 물러나기를 기다렸다가 플로어로 나갔고, 아우드란 커플과 함께 끝까지 플로어를 지켰다. 그토록 경쾌하게 춤을 춰보기는 처음이었다. 나는 이미 인간이 아니었어. 세상에서 가장 사랑스러운 존재를 안고 바람처럼 이리저리 날아다니다 보니 우리 주위에는 사람이 다 물러나고 없었다. 빌헬름, 고백하건대 나는 내가 사랑하는 여인이, 내가 원하는 여인이 다른 사람과 왈츠를 추는 것을 절대 허락하지 않겠다고 맹세했어. 그로 말미암아 내가 파멸할지언정 절대 안 된다고 말이야. 내 마음 이해하지?

우리는 홀을 걸어서 두어 바퀴 돌며 숨을 돌렸다. 그런 다음 로테는 자리에 앉았고, 내가 집어온 오렌지가 청량감을 제대로 발휘해주었다. 로테는 예의상 옆자리에 앉은 여인에게도 오렌지를 권했는데, 그 여인은 사양하지 않았어. 그 여인의 입으로 들어가는 오렌지 한 조각 한 조각이 날카로운 비수가 되어 내 가슴을 찔렀다. 오렌지는 그것밖에 안 남아 있었기 때문이다!

세 번째로 영국 민속춤을 출 때 우리는 두 번째 조가 되었다. 나는 대열을 누비며 로테의 팔을 잡고 춤추는 동안 순수하고도 진정한 즐거움을 솔직하게 드러내는 그녀의 눈을 바라보며 얼마나 황홀했는지 모른다. 그러다 어느 여인과 마주쳤는데, 썩 젊지도 않은 얼굴에 귀여운 표정을 띠고 있어 인상이 참 묘했어. 그 여인은 웃는 얼굴로 로테를 바라보며 경고하듯 검지를 치켜들고는 알베르트라는 이름을 의미심장하게 두 번이나 말하고 스쳐 지나갔다.

나는 로테에게 "실례가 안 된다면 알베르트가 누구죠?"라고 물었는데, 그녀가 대답하려는 찰나에 우리는 커다란 8자를 그리기 위해 서로 떨어져야 했다. 로테와 내가 서로 스쳐 지나갈 때 나는 그녀의 이마에서 몇 가지 상념을 본 듯했어. 로테는 프롬나드(promenade, 남녀가 전방을 주시한 채 나란히 선 자세의 춤 동작—옮긴이)를 취하기 위해 내게 손을 뻗으며 이렇게 대답했다.

"실례랄 게 뭐 있나요? 알베르트는 좋은 분이에요. 저와 약혼한 사이나 다름없죠."

로테의 대답은 새로울 것이 없었다. 오는 길에 여자들한테서 들은 이야기였으니까. 그런데도 내게는 처음 듣는 이야기 같았다. 그 이야기를 이렇게 짧은 시간에 이토록 내게 소중해진 사람과 연관 지어 생각해본 적이 없었으니까. 이런! 나는 당황해서 제정신이 아니었다. 엉뚱한 커플 사이로 섞여 들어가는 바람에 춤은 온통 뒤죽박죽이 되고 말았지. 그래도 로테가 침착함을 발휘해 내 팔을 끌고 당긴 덕분에 곧 질서를 되찾을 수 있었다.

지평선에서 번개가 번쩍일 때 나는 그저 날씨가 서늘해지려는 현상이라고 둘러댔다. 그런데 춤이 채 끝나기도 전에 갑자기 심해지더니 천둥소리에 음악이 묻힐 지경이 되었어. 세 여인이 대열에서 빠져나갔고, 이내 파트너들이 그 뒤를 쫓았다. 홀 전체가 어수선해지고 음악도 멈췄다. 신나게 놀고 있을 때 불행이나 두려운 일이 닥치면 그렇지 않은 경우보다 훨씬 더 끔찍하게 느껴지기 마련이지. 그것은 대비가 그만큼 강렬하게 와 닿기 때문이다. 하지만 그보다 더 큰 이유는 우리 오감이 민감하게 열려 있는 상태라 평소보다 더 빨리 감지하기 때문이지. 여자들 몇 명이 갑자기 인상을 찌푸린 이유도 여기에 있을 것이다. 어느 약삭빠른 아가씨는 구석에서 창을 등지고 앉아 귀를 막았다. 한 아가씨가 그 앞에 가서 그 아가씨의 무릎에 얼굴을 묻고 앉자 또 다른 아가씨가 그 사이에 들어가 두 사람을 얼싸안은 채 눈물을 펑펑 흘렸다. 몇 사람은 집에 가고 싶어 했다. 자신이 무슨 짓을 하는지 모를 정도로 정신이 나간 아가씨도 몇 명 있었다. 이 아가씨들이 두려움에 떨며 하늘에 기도를 올릴 때 몇몇 엉큼한 남자는 그들의 입술을 빼앗기에 바빴는데도 아가씨들은 그런 행동을 막을 생각조차 하지 못했어. 남자 몇 명은 천천히 담배나 피울 작정으로 아래로 내려갔다. 또 다른 사람들은 저택 안주인이 안내하는 대로 덧문과 커튼이 있는 방으로 이동했다. 로테는 그 방에 들어서자마자 의자를 둥글게 늘어놓더니 놀이를 하자고 제안했다. 사람들은 동의하며 저마다 의자에 앉았다.

몇 사람은 벌써부터 가벼운 벌칙을 기대하며 입술을 쑥 내밀고 팔다리를 앞으로 쭉 뻗었다. 로테가 놀이 방법을 설명했다.

"숫자놀이를 할 거예요. 자, 잘 들으세요! 제가 오른쪽에서 왼쪽으로 빙 돌아가면 여러분은 각자 자기 차례에 해당하는 숫자를 말하는 거예요. 단, 빨리 말해야 해요. 도화선이 타들어 가듯이 빨리요. 막히거나 틀린 사람은 뺨을 맞기로 해요. 그렇게 천까지 셀 거예요."

그리고 잠시 뒤 볼 만한 광경이 벌어졌다. 로테는 팔을 뻗은 채 원을 그리며 돌았다. 첫 번째 사람이 "하나" 하고 말했으며, 그 옆에 앉은 사람이 "둘", 그다음 사람이 "셋" 하며 다음 사람으로 계속 이어졌어. 로테는 빨리 돌기 시작했다. 그러자 누군가 자기 차례를 놓쳐서 그만 뺨을 맞았다. 그다음 사람은 웃음보를 터뜨리는 통에 뺨을 맞았다. 속도가 점점 더 빨라졌다. 나도 뺨을 두 번 맞았는데, 다른 사람들보다 더 세게 맞은 것 같아 속으로 좋아했어. 사람들이 와자하게 웃고 떠드느라 놀이는 천까지 다 세기도 전에 끝났다. 어느덧 사람들은 끼리끼리 뭉쳤고 우레도 그쳤다. 나는 로테를 따라 홀로 돌아갔는데, 도중에 로테는 "사람들이 따귀 때문에 날씨고 뭐고 다 잊었어요!"라고 말했다. 나는 아무런 대꾸도 할 수 없었다. 로테가 말을 이었다.

"저도 굉장히 무서웠어요. 하지만 다른 사람들에게 용기를 북돋아주려고 마음을 먹으니 저도 모르게 용기가 나더군요."

우리는 창가로 갔다. 우레는 점점 더 멀어졌고, 시원하게 내리는 비가 땅을 적셨다. 그리고 상큼하기 그지없는 내음이 따뜻한 공기를 타고 물씬 피어올랐어. 로테는 창문턱에 팔꿈치를 괸 채 창밖을 응시했다. 그러더니 하늘을 쳐다보다가 나를 보았다. 그녀의 두 눈에 눈물이 고여 있었다. 그녀는 자신의 손을 내 손에 얹고 "클롭슈토크(Friedrich G. Klopstock, 18세기 독일 시인―옮긴이)!" 하고 외쳤다. 나는 즉시 로테가 생각하고 있을 그 멋진 송가를 떠올렸다. 그리고 그 한마디 말로 몰아쳐오는 그녀의 감정에 맥없이 휩쓸리고 말았어. 나는 벅찬 감동을 가누지 못하고 기쁨의 눈물을 흘리며 몸을 숙여 로테의 손에 입을 맞추었다. 그러고는 다시 그녀의 눈을 쳐다보았지.

숭고한 시인이여! 이 여인의 눈빛에 어린 숭배의 마음을 보셨습니까? 속된 자들이 당신의 이름을 함부로 입에 올리지만, 나는 이제 다시는 그들의 입을 통해 당신의 이름을 듣고 싶지 않습니다.

6월 19일

지난번에 어디까지 이야기하다 말았는지 기억이 안 난다. 새벽 두 시에 잠자리에 들었다는 사실은 알겠는데 말이다. 만약 그날 편지가 아니라 너와 얼굴을 마주하고 이야기했다면 너를 아침까지 붙잡고 놓아주지 않았을 거다.

무도회를 마치고 돌아오는 길에 일어난 일은 아직 이야기하지 않았다. 하지만 오늘도 그 이야기를 하기에 적당한 날은 아닌 듯하다.

해가 찬란하게 떠오르고 있었다. 숲은 나뭇잎에 맺힌 빗방울을 떨어냈고, 주변의 들판은 싱그러운 기운으로 가득했어. 두 자매는 까무룩 잠이 들었고, 로테는 자기 때문에 마음 쓰지 않아도 된다면서 내게도 잠시 눈을 붙이라고 권했지. 나는 로테의 눈을 바라보며 "당신이 깨어 있는 한 제가 졸릴 리가 있겠어요"라고 말했다. 그리고 우리 둘은 별장 문 앞에 도착할 때까지 깨어 있었다. 하녀가 살며시 문을 열어주었지. 로테가 아버지와 동생들의 안부를 묻자 하녀는 아직 모두 잔다고 대답했다. 나는 헤어지면서 그날 중으로 다시 볼 수 있느냐고 물었고, 로테의 응낙을 받은 후 집으로 돌아왔다. 그날 이후 나는 해가 뜨는지 달이 지는지는 중요한 일이 아니게 되었어. 낮이면 어떻고 밤이면 어떤가? 세상만사 어떤 일도 내 안중엔 없다.

6월 21일

나는 무척이나 행복한 나날을 보내고 있다. 하느님이 성자들에게만 주시려고 따로 챙겨놓았을 법한 날들이라고 표현해도 될 듯싶다. 내가 아무리 큰 불행을 겪게 되더라도 삶의 즐거움을 맛보지 못했다고는 말할 수 없을 거야. 나는 요즘 인생에서 가장 순수한 즐거움을 맛보고 있다. 발하임은 알고 있겠지? 나는 이제 완전히 그곳의 터주가 되었어. 거기서 로테의 집까지는 겨우 반 시간 거리야. 발하임에 가면 나는 나 자신을 느끼고, 인간으로서 누릴 수 있는 온전한 행복을 느낀다.

발하임으로 산책을 다니기로 했을 때 천국이 이토록 가까이 있을 줄 어찌 알았겠는가. 좀 멀리 한 바퀴 돌 때면 때로는 산 위에서, 때로는 강 건너 들판에서 몇 번이나 보고 또 보았던 수렵 별장인데, 그곳에 내 모든 소망이 향하게 될 줄 미처 알지 못했다!

빌헬름, 나는 인간의 욕망에 대해 곰곰이 생각해보았어. 인간은 세상 밖으로 나가 이러저리 돌아다니며 새로운 경험을 하기 원하지. 비록 드러나진 않지만 제약에 순응하며 옆도 뒤도 살피지 않은 채 정해진 궤도를 습관처럼 따라가기만 하려는 욕망도 매우 강한 것 같다.

이곳 언덕에 서서 아름다운 골짜기를 바라보노라면 사방에서 손짓하며 나를 유혹한다. 저 숲! 너도 저 숲 그늘로 올 수 있으면 좋을 텐데. 저 산마루! 거기서 굽어보는 탁 트인 세상을 네게도 보여주고 싶다. 어깨를 맞댄 언덕과 아늑한 골짜기들! 나도 그 속에 섞여 하나가 될 수 있으면 좋겠어! 그런데 서둘러 그곳으로 가보면 정작 내가 기대했던 것은 없다. 결국 빈손으로 돌아올 수밖에 없어. 이상하지 않은가? 공간적으로 먼 곳은 시간적으로 먼 곳, 곧 미래와도 같다. 우리 영혼이 마주하고 있는 세상은 그 전체가 거대하고도 어렴풋한 곳이다. 그 속에서 우리 감정은 우리 눈이 가는 대로 이리저리 배회하지. 우리는 모든 것을 바쳐서라도 오직 한 가지 장엄하고도 찬란한 환희로 가슴을 채우기를 갈망하며 머나먼 그곳을 향해 걸음을 바삐 옮긴다. 하지만 그곳이 곧 이곳이 되는 순간 미래는 곧 과거가 되고 달라지는 것은 아무것도 없다. 우리는 결국 가난도, 우리를 가둔 울타리도 벗어나지 못한 채 영혼의 갈증만 더 크게 느낄 뿐이다.

그래서 아무리 역마살이 심한 사람도 결국은 제 고향으

로 돌아와 먼 곳에서 찾지 못한 행복을 자신의 오두막에서 찾는다. 아내의 품에서, 자녀들 틈에서 그리고 생계를 해결해주는 소박한 직업에서 말이다.

해가 뜨자마자 나는 집을 나서 발하임으로 향한다. 그곳에 도착하면 카페 뜰에서 완두콩을 먹을 만큼 딴 다음 자리에 앉아 콩깍지의 심줄을 떼어낸다. 그러는 사이사이에 호메로스도 읽는다. 그런 다음 카페 부엌에서 얻은 냄비에 버터를 덜어 넣고, 콩을 넣고, 불에 얹은 다음 뚜껑을 닫는다. 그리고 그 앞을 지키고 앉아 타지 않게 뒤적이고 있노라면 페넬로페에게 구혼한 혈기왕성한 사내들이 소와 돼지를 잡고 그 고기를 썰고 굽는 모습이 생생하게 눈앞에 떠오른다. 내 가슴을 이토록 차분하고 순수한 감정으로 채우는 것은 바로 그와 같은 부족 시대의 생활상이다. 그런 삶을 별다른 거부감 없이 내 삶에 엮어 넣을 수 있으니 참으로 다행한 일이다.

직접 기른 배추를 식탁에 올리는 사람만이 느낄 수 있는 소박한 즐거움, 그 탓할 데 없는 즐거움을 나 또한 느낄 수 있어 얼마나 좋은지 모르겠다. 농부가 배추를 식탁에 올릴 때는 단지 배추만 올리는 게 아니다. 배추를 심고 물을 주고 가꾸며 흐뭇해했던 날들 그리고 쑥쑥 자라는 모습을 보며 맛보았던 기쁨도 함께 올리는 거다. 그래서 농부는 이 모든 즐거움을 그 한순간에 다시 한 번 누릴 수 있다.

그저께 시내의 의사가 수렵 별장을 찾아왔다. 그때 나는 정원에서 로테의 동생들과 함께 놀고 있었다. 내 몸에 기어오르는 녀석도 있었고 나를 놀려대는 녀석도 있었고. 내가 간지럼을 태우자 꽥꽥 소리를 질러대는 녀석도 있었지. 의사는 나와 이야기하는 도중에도 쉬지 않고 커프스의 주름을 잡거나 소매의 주름 장식을 잡아당기는 그런 족속이었다. 독선적이면서도 꼭두각시 같은 인물이었지. 그 작자의 표정을 보니 내 행동을 체신 없고 점잖지 못한 행동이라 생각하는 것 같았다. 나는 그 작자가 점잔을 빼든 말든 개의치 않고 아이들이 쓰러뜨린 카드 집을 새로 지어주었다. 그 의사는 시내로 돌아와서도 그 집 아이들은 그러잖아도 버르장머리가 없는데 베르터가 완전히 버려놓았다고 떠들어댔다.

빌헬름, 나는 세상에서 아이들이 가장 마음에 든다. 그 조그만 몸집에서 언젠가 만개할 덕목과 재능의 싹이 보이고 그들의 고집 속에서 올곧은 성격이 엿보인다. 장난치는 모습에서도 인생의 어려움을 유연하게 극복할 유머와 발랄함이 보인다. 그 모든 것이 전혀 때 묻지 않은 온전한 모습으로 나타날 때 나는 인류의 스승이 남긴 금언을 거듭 되새기지 않을 수 없다. "너희가 돌이켜 어린아이와 같이 되지 아니하면 결단코 천국에 들어가지 못하리라!" 그럼에도 어른들은 모범으로 삼고 우러러봐야 할 아이들을 되레 복종시키려고만 한다. 아이는 자유의지가 없다는 듯이 말이다! 하지만 어른에게는 있어! 그렇다면 그 특권은 어디서 나온 걸까? 어른들은 아이들보다 나이가 많고 분별력이 뛰어나다는 말인가? 맙소사! 하느님의 눈에 비친 인간은 어린아이거나 나이 든 아이다. 둘 중 누구를 더 어여삐 여기는지는 예수께서 이미 오래전에 알려주셨다. 그런데도 사람들은 예수를 믿으면서 그분의 말은 도무지 듣지 않는다. 아이들을 자신과 똑같이 키우는 것이다! 뻔한 이야기는 이제 그만하겠다. 잘 있어, 친구!

7월 1일

　나는 나 자신을 보면서 로테가 병자에게 어떤 존재인지를 느끼고 있다. 내 마음은 병상에서 죽어가는 사람들보다 더 고통스러우니 말이다. 로테는 며칠 동안 시내에 사는 어느 여인의 집에서 지내기로 했다. 의사들의 말로는 그 여인이 얼마 못 살 거라는데, 그 여인은 죽기 전에 며칠만이라도 로테가 자기 곁에 있어주기를 바란다고 했단다. 지난주에는 로테와 함께 어느 마을의 목사님을 찾아뵈었다. 목사관은 한 시간쯤 걸리는 외진 산골에 있었는데, 우리는 네 시쯤 그곳에 도착했다. 로테는 둘째 여동생을 데리고 왔다. 목사관 뜰에는 키 큰 호두나무 두 그루가 그늘을 드리우고 서 있었어. 우리가 뜰 안으로 들어섰을 때 늙은 목사는 현관문 앞 긴 의자에 앉아 있었지. 그런데 로테를 보자 기력을 되찾았

는지 지팡이도 잊은 채 벌떡 일어나 맞이하러 왔다. 로테는
달려가 노인을 다시 앉히고 자신도 그 곁에 앉아 부친의 안
부를 전했다. 그러고는 버르장머리 없고 꾀죄죄한 꼬맹이
를 다정하게 안아주었다. 그 아이는 늙은 목사의 늦둥이로
그 또래 사내아이답게 개구쟁이였다. 로테가 목사를 대하
는 모습을 너도 봤으면 좋았을 텐데! 로테는 귀가 잘 안 들
리는 목사가 잘 들을 수 있도록 목소리를 높여 건장한 젊은
이들이 갑자기 죽은 이야기며 칼스바트의 온천물이 좋다는
이야기를 했어. 이어서 목사가 내년 여름에 한번 가봐야겠
다고 하자 잘 생각하셨다고 맞장구를 쳐주었다. 그리고 지
난번에 뵈었을 때보다 건강도 좋아 보이고 기력도 많이 회
복한 것 같다는 말도 잊지 않았지. 그사이 나는 목사의 부
인에게 예를 갖추었다. 늙은 목사는 기분이 썩 좋아 보였고,
나는 시원한 그늘을 드리워주는 호두나무가 멋지다고 칭찬
했다. 내 말에 목사는 조금 힘들어하면서도 나무에 얽힌 사
연을 들려주었다.

"오래된 놈은 누가 심었는지 모르네. 이 목사가 심었다고
도 하고, 저 목사가 심었다고도 하고. 저 뒤에 있는 놈은 내
안사람과 나이가 같네. 시월이면 쉰이지. 어느 날 아침 장
인이 그 나무를 심었는데, 그날 저녁에 안사람이 태어났
다군. 장인은 내 전임 목사였는데 그 나무를 얼마나 아끼셨
는지 이루 말로 다할 수 없을 정도였네. 물론 나도 장인 못
지않게 아끼지. 이십칠 년 전 내가 가난한 대학생 신분으로

49

처음 이 뜰에 발을 들여놓았을 때 아내는 저 나무 아래 걸상에 앉아 뜨개질을 하고 있었네."

로테가 따님은 어디에 있느냐고 묻자 노인은 슈미트 씨와 함께 목장에 있는 일꾼들에게 갔다고 대답했다. 그러고는 다시 이야기를 계속했어. 전임 목사가 자신을 귀애했을 뿐만 아니라 그 딸도 자신을 좋아했으며, 처음에는 부목사가 되었다가 마침내 장인의 후임 목사가 되었다는 것이다. 목사의 딸인 프리데리케와 슈미트 씨가 뜰을 가로질러 우리에게 다가올 때까지도 노인의 이야기는 끝날 줄 몰랐다. 목사의 딸은 로테를 진심으로 따듯하게 맞아주었다. 그녀는 갈색 머리의 늘씬하고 발랄한 아가씨였는데, 솔직히 말해서 꽤 괜찮아 보였어. 시골 총각의 마음을 잠시나마 설레게 할 만한 여인이었지. 자신을 이 아가씨의 애인이라고 소개한 슈미트 씨는 예민해 보이지만 말수가 적은 사람이었다. 로테가 몇 번이나 말을 걸어보았지만 그는 우리 대화에 끼어들지 않았어. 그런데 그 이유가 이해력이 부족하다기보다는 옹졸한 성품과 불쾌한 감정 탓인 듯했다. 나는 그 사람의 얼굴에서 그런 기색을 눈치 채고 화가 났다. 이 사실은 곧 분명하게 드러났지. 우리가 함께 산책을 나갈 때 프리데리케는 로테와 같이 걷다가 가끔 나와 나란히 걷기도 했는데, 그때 안 그래도 검은 편인 이 사내의 얼굴이 눈에 띄게 어두워졌다. 그러자 로테가 내 옷소매를 잡아당기며 내가 프리데리케에게 너무 다정하게 대한다고 귀띔했을 정도였다. 나는 사람들이 서로를 불편하게 만들 때면 몹시 화가 난다. 특히 젊은 사람들이 그럴 때는 참으로 답답하다. 마음의 문을 활짝 열고 어떤 즐거움이든 다 받아들일 수 있는 나이가 아닌가! 인생의 봄, 그 좋은 나날을 찌푸린 얼굴로 망쳐버리고는 뒤늦게야 흘러버린 시간은 돌이킬 수 없다는 사실을 깨닫고 후회하는 사람들을 보면 정말로 화가 치밀어 오른다. 우리는 저녁 무렵 산책을 마치고 목사관으로 돌아와서 정원 테이블에 둘러앉아 우유를 마셨다. 대화가 삶의 기쁨과 괴로움으로 흐르자 나는 말꼬리를 잡는 등 서로를 괴롭히는 불쾌한 감정을 맹렬히 비판했다. 나는 "우리 인간은 툭 하면 불평을 늘어놓지요"라고 말문을 열었다. 그러고는 말을 이었다.

"좋은 날은 너무 적고 나쁜 날은 너무 많다고요. 하지만 제가 보기에 이런 불평은 대부분 부당한 것 같습니다. 우리가 항상 마음의 문을 열고 매일매일 하느님이 주시는 행복을 느낄 수 있다면 고난이 닥치더라도 견뎌낼 힘을 얻을 것입니다."

그러자 목사 부인이 한마디 했다.

"하지만 마음이 우리 뜻대로 되어야 말이죠. 몸 상태에 따라 달라지곤 하죠! 몸이 좋지 않으면 어딜 가도 마음이 결코 편치 않아요."

나는 그 말에 동의하고 나서 이렇게 말했다.

"그렇다면 불쾌감을 질병으로 보고 처방을 찾아보는 건

어떨까요?"

그러자 로테가 "그럴 듯한 말이네요"라고 대꾸한 뒤 다시 말을 이었다.

"적어도 제 생각엔 많은 것이 마음먹기에 달린 것 같아요. 제 경우를 봐도 그래요. 저는 화가 나거나 짜증이 날 때 벌떡 일어나 정원으로 나가죠. 콩트르당스를 몇 곡 흥얼거리며 이리저리 거닐다 보면 기분이 전환되곤 해요."

나는 로테의 말을 받아서 말했다.

"그게 바로 제가 말하려던 겁니다. 불쾌감은 태만과 똑같습니다. 태만의 일종이라고 할 수 있죠. 인간은 본질적으로 쉽게 게을러지게 마련이에요. 하지만 일단 기운을 내서 마음을 다잡기만 하면 일도 순조롭게 진행되고, 거기서 진정한 즐거움도 얻을 수 있지요."

프리데리케는 이야기를 주의 깊게 듣고 있었다. 그때 그녀의 애인이 반론을 제기했다. 인간은 자기 자신을 통제할 수 없으며 적어도 감정을 마음대로 할 수는 없다고 말이야. 나는 그의 말에 이렇게 대꾸했어.

"여기서 핵심은 누구나 벗어던지고 싶은 불쾌감입니다. 그 누구도 자신의 능력이 어디까지 미칠지 시도해보지 않고는 알 수 없는 법이죠. 아픈 사람은 분명 이 의사 저 의사에게 매달릴 겁니다. 건강을 회복할 수만 있다면 아무리 힘든 절제도, 쓰디쓴 약도 마다하지 않을 거고요."

나는 목사가 우리 토론에 끼고 싶어서 진지한 얼굴로 귀를 기울이고 있다는 사실을 깨닫고 그쪽으로 몸을 돌리며 목소리를 높였다.

"악덕을 반박하는 설교는 많이 들어봤지만, 불쾌한 감정을 반박하는 설교는 들어보지 못했어요."*

그러자 목사는 이렇게 대꾸했다.

"그런 설교는 도시에 사는 목사나 할 일이지. 농부들은 불쾌할 일이 없거든. 하지만 때로는 그것도 나쁘지 않겠어. 적어도 내 안사람이나 로테 양 부친에게는 좋은 교훈이 될 수도 있을 테니까."

좌중이 웃음을 터뜨리자 목사도 환하게 웃다가 기침이 터지는 바람에 논쟁은 잠시 중단되었다. 그러다 슈미트 씨가 다시 이야기를 시작했다.

"베르터 씨는 불쾌감을 일종의 악덕이라고 말씀하시는데, 제 생각에 그건 좀 지나친 말인 것 같습니다."

나는 그의 말을 맞받았다.

"천만에요! 자신과 이웃을 해치는 일이 악덕이 아니면 무엇이란 말입니까? 우리가 서로를 위해주지는 못할망정 이따금 즐거운 기분을 느끼는 사람한테서 그 즐거움을 빼앗아야 하겠습니까? 어디, 자신은 기분이 좋지 않은데 그것을 감추고 다른 사람의 기분을 망치지 않으려고 혼자 견딜 만

---

* 지금은 불쾌감에 대한 라바터의 훌륭한 설교가 나와 있다. 특히 《요나서》에 대한 설교가 뛰어나다.

큼 용기 있는 사람 있으면 한번 이름을 대보십시오! 어쩌면
이런 불쾌감은 보잘것없는 자신에 대한 숨겨진 불만이 아
닐까요? 인간은 어리석은 허영심 때문에 다른 사람에 대한
시기심이 발동하면 언제나 자신이 한심하게 느껴지는 법이
죠. 내가 행복하게 해주지 않았는데도 행복한 사람이 있다
면 그런 사람을 보고 있기가 어려운 겁니다."

로테는 제스처를 섞어가며 말하는 내 모습을 보고 미소
를 지었다. 나는 프리데리케의 눈에 맺힌 눈물에 고무되어
계속 말을 이었다.

"어떤 사람의 기분을 좌지우지할 수 있는 사람이 누군가
의 마음에서 우러나는 소박한 즐거움을 빼앗아버린다면 저
주받아 마땅합니다! 우리 마음속의 시기심 많은 폭군의 불
쾌한 심기로 다른 사람의 행복을 망쳐버릴 때 그 사람이 잃
어버린 행복은 세상 그 어떤 선물로도, 그 어떤 호의로도 대
신할 수 없습니다. 단 한 순간도 말이죠!"

그 순간 나는 가슴이 벅차오르면서 지난날의 기억이 떠
올라 눈물이 솟구쳐 올랐다.

"매일 자신을 향해 이렇게 말할 수는 없을까요? '네가 친
구에게 해줄 수 있는 것은 친구가 즐거워할 때 방해하지 않
고 너도 같이 즐거워하며 기쁨을 배가하는 일뿐이다. 친구
가 불타는 열정으로 괴로워하거나 슬픔으로 가슴 아파할
때 너는 그 고통을 티끌만큼도 덜어줄 수 없지 않은가?'라고
말입니다. 젊은 아가씨의 꽃다운 청춘을 짓밟은 사람은 그

아가씨가 몹쓸 병에 걸려 앙상한 몰골로 병석에 누워 멍한 눈으로 허공을 보며 창백한 이마에서 마지막 땀방울을 하나둘 흘릴 때 그는 저주받은 듯 병상을 지키고 서서 자신이 할 수 있는 일이 아무것도 없다는 사실을 뼈저리게 느낄 겁니다. 죽어가는 사람에게 한숨의 기력이라도 불어넣을 수 있다면, 반짝하는 용기라도 줄 수 있다면 모든 것을 바치겠다고 간절히 바라지만 그저 두려움에 몸을 떨 뿐 무엇을 할 수 있겠어요?"

이 말을 하는 동안 언젠가 내가 처했던 똑같은 상황이 생생하게 떠올라 손수건을 눈에 대고 자리를 떴다. 그러다 이제 가자고 외치는 로테의 목소리를 듣고서야 정신을 차렸다. 돌아오는 길에 로테는 내게 매사에 그렇게 열을 올리다 쓰러지고 말겠다며 제발 자중하라고 여러 번 당부를 했어. 오, 천사여! 그대의 뜻에 따르리다!

7월 6일

로테는 여전히 죽어가는 여인의 곁을 지키고 있다. 언제나 변함없이 필요할 때마다 곁에 있어주는 착한 모습 그대로 말이야. 로테의 눈길이 닿으면 고통이 가라앉고, 괴로워하던 사람도 행복한 사람이 된다. 어제 저녁 로테는 마리아네와 어린 아말리에를 데리고 산책을 나갔는데, 나는 그 사실을 미리 알고 있었으므로 도중에 만나 함께 걸었다. 한 시간 반쯤 걷고 나서 우리는 시내 쪽으로 향했어. 그리고 내가 그토록 소중하게 생각하는, 이제 수천 배는 더 소중하게 생각하는 샘터에 당도했다. 로테는 나지막한 담장에 걸터앉았고, 우리는 그 앞에 서 있었다. 나는 주위를 둘러보았다. 그러자 내 마음이 한없이 허전하던 시절이 눈앞에 되살아났지. 나는 샘을 향해 이렇게 말했다.

"샘아, 지난번 이후로 더는 네 곁에서 쉰 적이 없구나. 너를 쳐다보지도 않은 채 서둘러 지나친 적도 있었고."

아래를 굽어보니 아말리에가 물 한 잔을 들고 서둘러 올라오고 있었다. 나는 로테를 바라보았는데, 그 순간 내가 이 여인에게 품은 모든 감정을 확연하게 느끼고 말았다. 아말리에가 다가오자 마리아네가 물잔을 낚아채려 했다. 아말리에는 아주 귀여운 목소리로 "안 돼!" 하고 외쳤다.

"안 돼. 로테 언니, 언니가 먼저야!"

어린아이의 착하고 솔직한 모습에 감동한 나머지 나는 그 느낌을 표현할 길이 없어 아이를 번쩍 안아 올리고 진하게 입맞춤을 해주었다. 그러자 당황스럽게도 아이는 갑자기 소리를 지르더니 울음보를 터뜨렸다. 로테가 "베르터 씨, 왜 그러셨어요" 하고 말한 순간, 나는 당황했다.

"이리 와, 아말리에. 저기 깨끗한 샘물로 얼른 닦자, 얼른. 그러면 아무 일도 없을 거야."

로테가 아이의 손을 잡고 계단 아래로 이끌며 말했다. 나는 그 자리에 선 채 아이가 손을 적셔 제 뺨을 문지르는 모습을 지켜보았다. 마법의 샘물로 씻으면 온갖 더러움이 씻거나가고, 징그러운 수염도 나지 않는다고 믿는 것 같았다. 정말 열심히 문질렀다! 로테가 "이제 됐어!"라고 말했는데도 아이는 모자라느니 넘치는 편이 더 낫다는 듯 씻기를 멈추지 않았다. 빌헬름, 나는 세례식에서도 이보다 더한 경외심을 품어본 적이 없어. 로테가 올라오자 나는 그 여인이 한 민족의 죄를 깨끗이 씻어준 예언자라도 되는 양 기꺼이 그 앞에 엎드리고 싶었다.

그날 저녁 나는 기분이 좋은 나머지 어떤 사람에게 낮에 일어난 일을 이야기하고 말았다. 분별력 있는 사람이라 인간적인 감각도 있을 줄 알았는데, 그 사람이 내 이야기를 어떻게 받아들였는지 알겠나? 글쎄, 로테가 크게 잘못했다는 거야! 어린아이에게 지어낸 이야기를 곧이듣게 해서는 절대 안 된다는 거야. 지어낸 이야기는 오류와 미신을 만들어 낼 뿐이므로 아이들이 그렇게 되지 않도록 어릴 때부터 보호해줘야 한다고 했어. 그 순간 이 사람이 세례를 받은 지 일주일밖에 안 되었다는 사실이 생각나 아무런 대꾸도 하지 않고 넘어갔다. 하지만 속으로는 내가 믿는 진실을 저버리지 않았어. 우리는 신이 우리를 대하듯 아이들을 대해야 하고, 우리가 즐거운 상상 속을 이리저리 거닐 때야말로 신이 우리에게 주시는 가장 행복한 시간이라는 진실을 말이야!

7월 8일

사람이 어떻게 이처럼 어린애 같은 걸까? 어떻게 그토록 한 사람의 눈길을 애타게 갈구할 수 있을까? 아, 어떻게 그처럼 아이 같은지! 우리는 발하임에 갔다. 아가씨들은 마차를 타고 왔다. 산책하는 동안 나는 로테의 눈에…… 이런 바보! 하지만 네가 로테의 눈을 보았다면 내 심정을 이해할 거다. 횡설수설해서 미안하다(지금 졸려서 눈이 감기는 상태야). 아가씨들이 다시 마차에 오를 때 청년들은 마차 주위에 서 있었다. W와 젤슈타트, 아우드란 그리고 나. 아가씨들은 마차 문을 사이에 두고 발랄하고 쾌활한 청년들과 잡담을 주고받았다. 나는 로테의 눈길을 찾고 있었어. 로테는 이 남자, 저 남자에게 눈길을 주었다. 나만 빼고! 혼자만 풀이 죽어 멍청히 서 있던 나한테는, 그런 나한테는 눈길을 전혀 주지 않았다. 나는 마음속으로 로테에게 수없이 잘 가라는 인사를 건넸건만, 그녀는 끝내 나를 보지 않았다. 마차는 출발했고, 내 눈에는 눈물이 어렸어. 나는 눈으로 로테를 좇았고, 마침 그때 그녀의 머리 장식이 마차 문 쪽으로 기울더니 그녀가 머리를 돌렸다. 아! 나를 보려고 그런 걸까? 빌헬름, 내 짐작이 맞는지 확신할 수 없어 너무 불안해. 아마도 나를 돌아보았을 거야! 아마도! 지금도 이렇게 스스로 위로하고 있어. 잘 자게. 그런데 나 정말 어린애 같지?

7월 10일

사람들이 모인 자리에서 로테 이야기가 나오면 내가 얼마나 유치하게 구는지 아주 가관이다. 특히 누군가 내게 로테가 마음에 드느냐고 묻기라도 하면 더없이 유치해지고 만다. 마음에 드느냐고? 나는 이 말이 끔찍이도 싫다. 로테가 마음에 드는 인간은 도대체 어떤 인간일까? 머리도 가슴도 온통 그녀 생각으로 가득 차는 게 아니라 그냥 마음에 든다고? 마음에 들기만 한다고? 얼마 전에는 내게 오시안 (Ossian, 3세기경 아일랜드 전설 속의 켈트족 시인. 그 전설의 작가로 추정됨—옮긴이)이 마음에 드느냐고 묻는 사람도 있었다.

7월 11일

M 부인의 용태가 매우 위중해졌다. 나는 그녀를 위해 기도하며 로테와 고통을 나누고 있다. 내가 로테를 만나려고 M 부인 댁으로 찾아가는 일은 아주 드문데, 오늘 로테에게 아주 놀라운 이야기를 들었어. M 부인의 남편은 대단히 탐욕스럽고 인색한 수전노 영감이라 금전 문제로 평생 아내를 고생시킨 모양이야. 그런데도 부인은 지금까지 용케 살림을 꾸려왔다는 얘기를 들었다. 며칠 전 의사에게 앞으로 며칠 안 남았다는 말을 듣고, 부인이 남편을 불러 로테도 있는 자리에서 이렇게 이야기했다고 한다.

"당신에게 한 가지 고백할 게 있어요. 내가 죽은 뒤 혹시 난감하고 언짢은 일이 생길지도 모르니까요. 지금까지 나는 최선을 다해 알뜰살뜰 살림을 꾸려왔어요. 그러니 지난 30년 동안 내가 당신을 속였다는 점은 용서해야 할 거예요. 신혼 초에 당신은 식비를 포함한 생활비를 너무 적게 책정

했어요. 살림이 늘어나고 가게 규모도 커졌지만 당신은 생활비를 올려줄 생각을 하지 않았지요. 당신도 알다시피 우리 살림살이가 가장 크게 불어났을 때조차 당신은 7굴덴으로 일주일을 버티라고 요구했어요. 나는 고분고분 그 돈을 받았어요. 하지만 매주 모자라는 돈은 가게 금고에서 빼내서 채웠어요. 안주인이 금고에서 돈을 훔치리라고는 아무도 생각지 못했을 테죠. 나는 한 푼도 낭비하지 않았어요. 그러니 이런 사실을 고백하지 않고도 편안히 저세상으로 갈 수 있을 거예요. 다만 내가 죽은 뒤에 새로 살림을 맡을 사람이 어떻게 해야 할지 몰라 난감한 상황임에도 당신이 전처는 그 돈으로도 잘만 꾸렸다면서 고집을 피울까 봐……."

나는 인간의 사리분별이 믿을 수 없으리만치 흐려진다는 점에 대해 로테와 이야기를 나누었다. 줄잡아 14굴덴이 필요한 살림을 7굴덴만으로 꾸려가는데도 그 뒤에 뭔가 있을 거라는 사실을 의심하지 않았다니! 하긴 내가 아는 사람들 가운데도 이런 사람이 있다. 자기 집에 선지자 엘리야가 선물한 마르지 않는 기름 단지가 있다고 철석같이 믿는 사람 말이야.

7월 13일

로테의 검은 눈동자에서 나에 대한 진심, 내 운명에 대한 진정한 연민을 읽었다. 아니, 내가 잘못 본 게 아니다. 분명히 느꼈어! 이번에는 내 느낌이 확실한 것 같다. 로테가, 아!

천국을 이렇게 표현해도 될까? 이렇게 표현할 수 있을까? 로테가 나를 사랑해!

로테가 나를 사랑해! 그 후로 나는 자신이 얼마나 자랑스러운지 모른다. 너니까 하는 말인데, 나 자신을 숭배하기까지 한다. 이런 심정 이해하지?

착각일까? 아니면 내가 제대로 느끼는 걸까? 내가 아는 사람 가운데 로테의 마음을 조금이나마 차지할까 봐 두려운 사람은 없다. 하지만 로테가 약혼자 이야기를 할 때면, 약혼자를 향한 그녀의 따듯한 사랑이 느껴질 때면 나는 명예와 지위를 모두 잃고 무기마저 빼앗긴 사람처럼 스스로 초라한 기분이 들고 만다.

7월 16일

어쩌다 내 손가락이 로테의 손가락을 스칠 때면, 탁자 밑에서 내 발과 그녀의 발이 우연히 부딪칠 때면 나는 혈관을 타고 온몸에 짜릿한 전율이 퍼지는 듯하다. 나는 불에 덴 듯 움찔하지만 곧 신비한 힘에 이끌려 몸의 긴장이 스러진다. 아주 미세한 자극에도 내 정신이 어질어질할 지경이야. 아! 그런데 그녀의 순진하고 구김 없는 영혼은 이런 대수롭지 않은 친근감의 표시가 나를 얼마나 괴롭히는지 느끼지 못한다! 로테가 대화 도중 자신의 손을 내 손에 얹거나, 소곤거릴 요량으로 내게 몸을 기울여 그녀의 입에서 나오는 천상의 숨결이 내 입술에 닿기라도 하면 마치 벼락을 맞은 듯

그 자리에서 쓰러질 것만 같다. 빌헬름, 언젠가 내가 감히
이 천국을, 감히 이 신뢰를…… 무슨 말인지 내 마음 알지?
그래, 내가 그 정도로 타락한 놈은 아니지. 다만 용기가 없
을 뿐이야. 용기가! 그런데 용기 없는 마음은 타락이 아니
던가?

로테는 내게 신성한 존재다. 그녀 앞에서는 모든 욕망이
잠잠해진다. 함께 있을 때면 내 기분이 어떤지조차 잊어버
린다. 마치 모든 신경이 거꾸로 서는 것 같다. 로테가 피아
노로 연주하는 멜로디가 있어. 마치 천사가 연주하는 듯 간
결하면서도 풍요로운 느낌을 주는 곡이지. 로테가 즐겨 연
주하는 곡으로, 그 곡의 첫 음을 치기만 해도 나는 모든 고
통과 방황과 근심에서 벗어나 평안해진다.

음악에는 마법과도 같은 힘이 있다는 말이 허튼소리가
아니라는 것을 이제는 알겠다. 저 단순한 노래가 한순간 나
를 사로잡고 만다! 내 머리에 총알을 박고 싶은 그 순간에
로테는 그 곡을 연주해준다. 그럴 때면 내 마음속의 혼란과
어둠이 사라지고, 나는 다시 편한 숨을 내쉬게 된다.

7월 18일

빌헬름, 사랑이 없는 세상이 무슨 의미가 있는 건지? 빛
이 없는 환등기가 무슨 소용이 있는 건지? 램프에 불을 켜
야 비로소 하얀 벽에 형형색색의 그림이 나타나지. 일시적
인 환영에 지나지 않을지언정 순진한 아이처럼 그 앞에 서

서 신기한 현상에 넋을 놓는다면 환영 또한 즐거움이 아닐까? 오늘은 꼭 참석해야 하는 모임이 있어서 로테에게 가지 못했다. 그래서 어쨌을 거 같은가? 하인을 로테에게 보냈어! 오늘 로테를 가까이서 본 사람이라도 내 곁에 두고 싶어 그렇게 했다. 그 하인이 돌아오기를 얼마나 조바심 내며 기다렸는지! 그를 보자 얼마나 반가웠는지! 창피한 생각만 들지 않았다면 그의 머리를 끌어안고 입맞춤이라도 했을 거다.

중정석을 한동안 햇볕에 쪼이면 밤에도 반짝인다고 한다. 내겐 로테에게 다녀온 하인이 중정석과도 같았다. 그의 얼굴과 뺨 그리고 그가 입은 재킷 단추와 외투 깃에 로테의 눈길이 머물렀다고 생각하니 그 모든 것이 성스럽고 귀하게만 느껴졌다. 그 순간 나는 천 탈러를 준대도 그 하인과 바꾸지 않았을 것이다. 그가 곁에 있다는 사실만으로도 내 마음이 한결 편안해지는 걸 느낀다. 제발 비웃지 말아주길! 빌헬름, 우리의 마음을 편하게 해주는 그것이 과연 환영일까?

7월 19일

로테를 만날 거야! 아침에 잠에서 깨어나 벅찬 가슴을 안고 밝은 해를 쳐다보며 내뱉는 한마디다. 로테를 만날 거야! 그리고 온종일 그 생각뿐, 달리 아무런 바람도 생기지 않는다. 이 한 가지 생각 속에 모든 것이, 실로 모든 것이 다

들어 있다.

나더러 공사(公使)를 수행해 모처에 가보라는 네 제안이
썩 내키지 않는다. 나는 다른 사람 밑에서 일하는 걸 그다지
좋아하지 않는다. 게다가 그 공사는 아주 역겨운 인간이라
고 소문났던 사람이다. 내 어머니는 내가 무슨 일이라도 하
길 바라신다는 네 말에 웃지 않을 수 없었다. 그런 내가 지
금 아무 일도 안 한다는 말인가? 내가 완두콩을 세든 불콩
을 세든 근본적으로는 마찬가지다. 세상 모든 일이 지나고
보면 다 그렇고 그래. 자신이 원하는 일도 아니고 필요한 일
도 아닌데 다른 사람을 위해 돈이나 명예, 그 밖의 뭔가를
얻으려고 뼈 빠지게 일한다면 그 사람이야말로 아둔한 사
람일 거다.

7월 24일

그림 그리기를 등한시하지 말라고 네가 그토록 신신당부
했기에 그 뒤로 별로 그리지 못했다고 말하느니 차라리 아
무 말 안 하고 넘어가고 싶다.

예전엔 이렇게 행복했던 적이 한 번도 없고, 지금처럼 자
연에 대한 감수성이 풍부해지고 섬세해진 적도 없다. 하찮
은 돌멩이에서 풀잎에 이르기까지 말이다. 그런데 무엇을
어떻게 말해야 좋을지 모르겠다. 내 상상력이 하도 빈약해

서 내 마음이 가닿기만 하면 무엇이든 출렁거리고 흔들거려 윤곽조차 잡을 수가 없다. 점토나 밀랍으로 빚으라면 그나마 할 수 있을 것도 같다. 만약 이런 상태가 계속 이어진다면 겨우 과자나 빚고 말지언정 점토를 반죽할지도 모르겠다.

나는 로테의 초상화를 그리려고 세 번이나 시도했지만 모두 실패하고 말았어. 며칠 전에는 꽤 잘 되어서 기분이 무척이나 좋았는데. 그래서 지금 더 화가 난다. 그 뒤로 로테의 실루엣을 그렸다. 지금은 그것으로 만족할 수밖에.

7월 25일

친애하는 로테, 맡겨주신 일은 모두 잘 알아서 처리하겠습니다. 모쪼록 더 자주, 더 많은 일을 맡겨주시기 바랄 뿐입니다. 한 가지 부탁이 있습니다. 앞으로 제게 보내는 편지는 잉크가 덜 말라 글씨가 번져도 좋으니 모래를 뿌리지 말아주십시오. 오늘도 편지를 받자마자 급하게 입술을 갖다 대었다가 모래를 씹고 말았지 뭡니까.

7월 26일

로테를 너무 자주 만나지 말자고 벌써 여러 차례 마음먹었지만, 나는 매일같이 유혹 앞에 무릎을 꿇고 만다. 그러고는 내일은 진정 가지 않겠다고 경건하게 다짐한다. 하지만 다음 날 아침이면 또 어떻게든 구실을 찾아내고 어느새 나는 그녀 곁에 가 있다. 때로는 로테가 "내일 오실 거죠?"라고 말하기도 한다. 그 말에 어떻게 안 가고 배기겠는가? 아니면 내게 어떤 일을 맡길 때도 있는데, 그럴 때는 내가 직접 그녀에게 가서 결과를 알려주는 것이 예의에 맞는 행동이라고 합리화시킨다. 그도 아니면 날씨가 좋다는 핑계로 발하임으로 간다. 거기서 로테 집까지는 반 시간밖에 안 걸리니까! 로테의 집에 다 온 것이나 다름없다. 휙! 로테의 집이다. 할머니에게 자석 산 이야기를 들은 적이 있다. 배가 자석 산에 너무 가까이 다가가면 쇠붙이며 못이 죄다 빠져나가 산으로 날아가 버린다. 그러면 판자가 허물어져 배에 탄 사람들은 가엽게도 물에 빠져 죽는다는 것이다.

7월 30일

알베르트가 돌아왔다. 그러니 나는 가야 하는 게 맞다. 알베르트가 아무리 선량하고 고매한 사람이라 하더라도, 내가 모든 면에서 그 사람보다 못하다는 사실을 순순히 인정한다 하더라도 그렇게 많은 것을 소유한 사람을 직접 대면하기는 쉽지 않다. 소유라……. 아무튼 빌헬름, 로테의 약혼자가 돌아왔어! 누구나 좋아할 수밖에 없는 성실하고 좋은 사람이라고 했다. 다행히도 그 사람을 맞이하는 자리에 나는 없었다. 만약 그 자리에 있었다면 내 가슴이 찢어졌을 것이다. 게다가 매우 점잖은 사람이라 내가 보는 앞에서는 아직 한 번도 로테에게 입맞춤을 하지 않았다. 분명 복 받을 거야! 로테를 존중하는 모습을 보면 나도 그 사람을 좋아하지 않을 수 없다. 내게도 잘해주려고 하는데, 아마도 스스로 우러나온 행동이기보다 로테의 작품인 듯하다. 여자들은 이런 일에 매우 섬세한데, 그러는 게 현명하다는 생각이 든다. 매우 드문 일이기는 하지만 자신을 떠받드는 두 남자가 서로 사이좋게 지낼 때 이득을 보는 쪽은 언제나 여자니까.

나는 어느새 알베르트를 존경하게 되었다. 그의 침착한 태도는 숨길 수 없는 내 불안정한 성격과 칼로 그은 듯 뚜렷한 대조를 이룬다. 다정다감할 뿐만 아니라 로테의 가치도 잘 알고 있다. 불쾌한 감정을 내보이는 적도 별로 없다. 너도 알다시피 불쾌한 감정은 내가 가장 혐오하는 인간의 죄악이니까.

알베르트는 나를 의식 있는 사람이라 믿고 있다. 그런데 나는 로테라면 껌뻑 죽고, 로테가 무얼 해도 그저 좋기만 하다. 그럴수록 그의 승리가 더욱 찬란해지고 그 또한 제 여인을 더욱 지극정성으로 대한다. 알베르트가 단 한 번이라도 유치한 질투심을 드러내 로테를 곤란하게 한 적이 있는지 그 문제는 덮어두자. 내가 그의 처지라면 질투의 귀신 손아귀를 완전히 벗어나지는 못했을 것 같다.

그건 그 사람 사정이니 알아서 하겠지. 빌헬름, 이제 로테 곁에 머무르며 느낀 내 행복은 끝이 났다. 이렇게 된 건 내 어리석음의 소치일까? 아니면 내가 눈이 먼 탓이라고 해야 할까? 그 이유가 무엇인지는 상관없는 것 아닐까? 상황 자체가 다 말해주는데 말이다! 나는 알베르트가 오기 전부터 이미 이렇게 될 줄 알고 있었다. 나는 로테에게 아무것도 바라서는 안 되는 사람이었고, 실제로도 바라지 않았어. 내 말은 그토록 사랑스러운 여인을 보면서도 최대한 욕망을 자제했다는 뜻이야. 그래 놓고는 정작 다른 사람이 나타나 자기 여자를 데려가자 놀란 눈으로 쳐다보고 있으니!

나는 이를 갈며 비참한 내 꼴을 비웃고 있다. 달리 방법이 없으니 단념하라고 말하는 사람이 있으면 이보다 두 배, 세 배로 비웃어주겠다. 하나마나 한 소리나 하려면 꺼지라고 말이다! 나는 숲 속을 이리저리 내달리다 로테의 집으로 갔다. 하지만 정원 정자에 로테와 함께 앉아 있는 알베르트를 보고는 더는 가까이 갈 수 없었어. 나는 고작 바보 같은 짓을 하며 어릿광대처럼 마구 익살을 떨었다.

"제발 어제 저녁 같은 행동은 하지 마세요. 당신의 익살은 형편없어요."

오늘 로테가 내게 한 말이다. 우리끼리 얘긴데, 나는 알베르트가 볼일이 생길 때를 기다려 득달같이 그녀에게 달려가곤 한다. 그리고 로테가 혼자 있는 모습을 확인하면 얼마나 마음이 놓이는지 모른다.

8월 8일

그런 뜻으로 한 말이 아니야, 빌헬름! 운명은 피할 수 없으니 단념하라고 말하는 사람들을 참을 수 없다고 비난한 말은 결코 너를 두고 한 말이 아니었다. 정말이지 네가 비슷한 견해일 수도 있다고는 단 한 번도 생각해보지 않았다. 사실 네 말이 맞다. 하지만 한 가지, 이 세상에 이것 아니면 저것으로 명료하게 결정이 내려지는 일은 별로 없어. 매부리코와 납작코 사이에 여러 단계가 있듯이 감정이나 행동 방식에도 그 차이가 매우 촘촘하게 존재한다.

그러니 내가 네 말을 모두 수긍하면서도 이것과 저것 사이를 슬그머니 빠져나가려 할지언정 나쁘게 생각하지 말아주었으면 한다.

네 말이 무슨 뜻인지 잘 알고 있다. 로테에게 희망을 걸수 있거나 그럴 수 없거나 둘 중 하나다. 그러니 전자라면 끝까지 희망을 좇아 소원을 이루도록 하고 후자라면 맥없이 비참한 감정에 빠지지 말고 기운 내서 정신을 차려야 한다는 말이지. 친구야! 네 말이 옳다. 하지만 그게 말처럼 쉽지 않군.

서서히 악화되는 병에 걸려 하루하루 죽어가는 불쌍한 사람에게 단도를 써서 단번에 고통을 끊어내는 편이 좋다고 자신 있게 말할 수 있겠는가? 질병은 환자의 힘을 소진시킬 뿐만 아니라 고통에서 벗어나려는 용기마저 빼앗는 것이 아닌가?

내 말에 유사한 비유로 반론을 제기할 수도 있다. 두렵다고 우물쭈물하다 생명을 위험에 빠뜨리느니 차라리 팔을 잘라내지 않을 사람이 어디 있겠냐고 말하겠지. 글쎄, 난 잘 모르겠다. 아무튼 우리가 비유를 둘러싸고 옥신각신할 필요는 없으니 이제 그만하자. 빌헬름, 가끔은 모든 것을 떨치고 일어나 훌쩍 떠나고 싶은 순간이 있다. 다만 어디로 가야 할지…….

같은 날 저녁

한동안 소홀히 했던 일기장을 오늘 다시 펼쳐보니 놀라움을 금할 길이 없다. 어떻게 내가 그처럼 다 알면서도 매번 슬금슬금 빠져들어 갔는지! 내가 처한 상황을 늘 정확하게 파악하고 있었는데도 행동은 어찌 그리 어린아이 같았는지! 그래, 지금도 분명히 알고 있어. 하지만 아직 나아질 조짐은 보이지 않는다.

8월 10일

내가 바보천치만 아니라면 정말 멋지고 행복하게 살 수 있을 텐데! 한 사람이 행복해지는 데 필요한 여러 조건이 이처럼 딱 들어맞는 경우도 결코 흔치 않을 거다. 그런데 내가 지금 처한 상황이 바로 그런 경우다. 아! 행복은 마음먹기에 달렸다는 것은 진정 맞는 말 같다. 나는 화목한 가정의 일원이다. 로테의 아버지는 나를 친아들처럼 사랑하고, 아이들은 나를 아버지처럼 따르고, 또 로테도 그렇다! 게다가 알베르트도 나를 가족으로 대한다. 그는 기분에 따라 변덕을 부려 내 행복을 방해하지 않는다. 진심으로 나를 한 가족으로 대해주고 있어. 이 세상에서 로테 다음으로 나를 소중히 여기는 것 같아. 산책을 하면서 우리 두 사람이 로테 이야기를 주고받는 모습은 참으로 볼 만할 거다. 세상에 이보다 더 우스꽝스러운 관계가 어디 있겠는가? 그래서 내 눈에는 눈물이 맺힌다.

알베르트가 로테 어머니 이야기를 들려주었다. 로테의 어머니는 임종에 앞서 로테에게 집안 살림과 아이들을 맡기고 알베르트에게는 그녀를 부탁했다고 한다. 그때부터 로테는 완전히 달라져 진짜 어머니처럼 집안일을 걱정하고 열심히 꾸렸다고 한다. 언제나 온몸으로 사랑을 실천하고, 한순간도 빈둥거리며 시간을 흘려버리는 일 없이 말이다. 그러면서도 늘 밝고 명랑한 기분을 잃지 않았다는 얘기를 들었다. 나는 알베르트와 나란히 걸으면서 길가의 꽃을 꺾어 아주 조심스럽게 꽃다발을 엮고는 흐르는 냇물에 던졌다. 그러고는 소리 없이 떠내려가는 모습을 지켜보았어. 내가 말했던가? 알베르트는 궁정에서 관직을 얻어 이곳에 있기로 했다. 궁정에서는 알베르트를 무척 총애하는지 급여도 꽤 높다더라. 나는 그 친구처럼 부지런하고 꼼꼼하게 일을 처리하는 사람을 별로 본 적이 없다.

8월 12일

하늘 아래 알베르트만큼 착한 사람은 또 없다. 착하고말고. 그런데 어제는 알베르트와 함께 있었는데 분위기가 꽤 묘했어. 나는 말을 타고 산을 오르고 싶었기에 알베르트에게 작별 인사를 하려고 찾아갔다. 이 편지도 지금 산에 와서 쓰고 있다. 나는 알베르트의 방 안을 이리저리 왔다 갔다 하다가 권총 몇 자루에 눈길이 가서 이렇게 말했다.

"이번 여행에 총을 좀 빌려주실 수 있나요?"

그러자 그가 이렇게 말하더군.

"좋을 대로 하십시오. 대신 장전은 직접 하셔야 합니다. 나는 그저 장식용으로 걸어놓았을 뿐입니다."

내가 총 한 자루를 내리자 그는 다시 말을 이었다.

"조심한다고 한 행동이 그만 불의의 사고를 내는 바람에 나는 그날 이후로 저 물건에 손도 안 댑니다."

무슨 일인지 궁금해하자 알베르트가 이야기해주었다.

"석 달 동안 시골에 사는 친구 집에서 지낸 적이 있었지요. 나는 장전하지 않은 권총을 몇 자루 갖고 있었기에 밤에도 마음 편히 잘 수 있었어요. 비가 오는 어느 날 오후 한가하게 앉아 있었는데 갑자기 습격을 당할지도 모른다는 생각이 들더군요. 왜 그런 기분이 들었는지는 모르겠지만 어쩌면 총이 필요한 상황이 벌어질지도 모르겠다고 생각한 거예요. 어떤 기분인지 당신도 아시겠지요? 그래서 하인에게 권총을 주고 잘 닦아서 장전해놓으라고 일렀습니다. 그런데 그 하인이 여자들을 깜짝 놀라게 해주려고 장난을 치다가 웬일인지 총이 격발되고 만 겁니다. 결국 한 여자가 꽂을대를 꽂은 채 발사된 권총에 오른쪽 엄지를 관통당해 손가락이 박살나고 말았지요. 그 여자는 울고불고 난리가 났고, 나는 치료비를 물어줘야 했어요. 그 일이 있은 뒤로는 절대 총을 장전하지 않습니다. 조심하면 뭐 합니까? 어떤 위험이 닥칠지는 아무도 모르는데요. 비록…….”

나는 알베르트를 좋아하지만 이 ‘비록’이라는 말은 정말로 듣기가 싫었다! 우리가 어떤 것을 주장할 때는 당연히 예외가 있다는 것을 전제로 하기 마련 아닌가? 그런데 이 사람은 꼭 이런 식으로 자기 말을 합리화한다! 자신이 속단했다거나 너무 일반적인 사실이나 사실에서 벗어난 말을 했다는 생각이 들면 끊임없이 자신의 말을 제한하고 수정하고 첨언한다. 그래서 결국 나중에는 애초에 하려던 말과는 아무 상관도 없는 이야기로 넘어가고 만다. 이번에도 그런 식으로 알베르트는 한없이 떠들어댔다. 나는 어느 순간부터 그의 이야기를 듣지 않은 채 엉뚱한 생각에 빠져들었다. 그러고는 격분해서 오른쪽 이마에 총구를 갖다 대었다. 그러자 알베르트가 “에잇!” 하고 소리치며 내게서 총을 빼앗았다. 그가 깜짝 놀라 “뭐 하는 짓입니까?”라고 말하자 나는 “총알이 없지 않습니까!”라고 대꾸했다. 알베르트는 다급하게 말했다.

“그래도 그렇지 이게 뭐하는 짓입니까? 인간이 자살할 만큼 어리석을 수 있다는 것이 도저히 이해가 안 갑니다. 그런 생각만 해도 역겨워요.”

그 순간 나는 그의 말을 듣고 언성을 높였다.

"당신 같은 사람들은 어떤 행위를 두고 어리석다느니, 현명하다느니, 좋다느니, 나쁘다느니 꼭 이렇게 단정해야 직성이 풀리나 봅니다. 그래서 무얼 말하려는 건가요? 그 행위 이면의 정황을 알아본 뒤에 하는 말인가요? 왜 그런 행위를 했는지, 왜 그래야만 했는지 그 원인을 확실하게 밝힐 수 있나요? 만약 그렇다면 그렇게 함부로 속단하지는 않을 겁니다."

그러자 알베르트가 응수했다.

"동기와는 무관하게 악덕이라고 단정 지을 수밖에 없는 행위도 있습니다. 그 점은 인정하시죠?"

나는 인정한다는 뜻으로 어깨를 들썩한 다음 말을 이었다.

"하지만 여기에도 몇 가지 예외는 있습니다. 도둑질은 분명 악덕이죠. 그러나 어차피 굶어 죽게 된 마당에 식구들을 살리려고 어쩔 수 없이 도둑질을 했다면 동정해야 마땅합니까, 벌을 줘야 마땅합니까? 아내의 부정에 격분한 남편이 통간한 두 남녀를 죽였다면 그 남편에게 돌을 던질 수 있습니까? 환희로 가슴 벅찬 순간 열정적인 사랑에 몸을 던진 아가씨에게 돌을 던질 수 있습니까? 우리 인간이 만든 법조차도, 꽉 막힌 원칙주의자들조차도 동정심 때문에 처벌을 망설일 겁니다."

알베르트가 대꾸했다.

"그건 별개의 문제입니다. 인간이 순간의 기분에 휩싸이면 지각력을 몽땅 잃어버리죠. 술 취한 사람이나 미친 사람과 다르지 않아요."

나는 웃으며 말을 내뱉었다.

"참으로 이성적이시군요! 순간의 기분! 술! 광기! 사람이 어찌 그리 냉정할 수 있습니까? 어떻게 동정심이라고는 털 끝만큼도 없을 수 있어요? 당신네 법도를 지키는 사람들 말입니다. 술 취한 사람을 비난하고, 미친 사람을 혐오하며, 성전에만 봉사하는 레위 사람들처럼 이들을 거들떠보지도 않은 채 지나가고, 경건한 바리새인들처럼 당신이 저들과 같지 아니함에 하느님께 감사 기도를 올리지요. 나는 여러 번 취해봤습니다. 그 순간의 내 격정은 언제나 광기와 크게 다르지 않았어요. 그래도 나는 이 두 가지 중 어느 것도 후회하지 않습니다. 내 나름대로 깨달은 바가 있으니까요. 예로부터 위대한 일을 해낸 사람이나 불가능해 보이는 일을 가능하게 만든 사람은 주정뱅이니 광인이니 하는 소리를 귀가 따갑게 들었다는 사실을 알고 있으니 말입니다. 정신이 말짱한 사람들, 현명하다고 치부하는 사람들은 부끄러운 줄 알아야 해요!"

이번에는 알베르트가 말했다.

"또 엉뚱한 이야기를 하는군요. 당신은 무슨 얘기든 극단으로 몰고 가는 경향이 있는데, 적어도 자살을 위대한 업적에 빗대어 말하는 건 분명 옳지 않아요. 자살하는 사람은 나약한 사람이라고밖에 볼 수 없으니까요. 고통스러운 삶을 꿋꿋이 참고 견디는 것보다 죽는 편이 훨씬 쉬우니까요."

나는 이쯤에서 그만둘 생각이었다. 진심을 다해 말하는데 상대방이 상투적인 반응을 보이는 것만큼 나를 황당하게 하는 일은 없으니까. 나는 이런 반응은 이미 여러 차례보아왔고, 나 또한 화를 낸 적이 많았기에 마음을 가라앉히고 좀 더 강하게 응수했다.

"나약하다고요? 이런! 보이는 것만으로 판단하지 마십시오. 무자비한 폭정에 신음하는 백성도 언젠가는 분연히 일어나 손발을 묶은 사슬을 끊는 법입니다. 그런데 그들이 과연 나약한 사람일까요? 자기 집이 불길에 휩싸인 것을 보면 놀란 나머지 온몸에 힘이 솟구쳐 평소에는 움직이지도 못할 무거운 짐을 거뜬히 들어 옮깁니다. 심한 모욕을 당해 화가 치밀어 오르면 일 대 육으로 싸워도 너끈히 이기죠. 이런 사람들이 나약합니까? 참고 견디는 사람은 강인하다고 하면서 어째서 극도로 흥분하는 사람은 나약하다고 말하는 겁니까?"

알베르트는 나를 쳐다보더니 이렇게 말했다.

"미안하지만 지금 든 예는 모두 이 문제와는 맞지 않는 것 같습니다."

나는 이렇게 말했다.

"그럴지도 모르지요. 엉뚱한 예를 갖다 붙인다는 소리는 자주 들었으니까요. 그럼 어디 다른 방식으로 한번 접근해 봅시다. 평소에 잘 견뎌내던 인생의 짐을 어느 날 던져버리기로 결심한 사람의 심정이 어떨지, 적어도 그 심정에 공감

해야 이러니저러니 말을 할 수 있을 것 아닙니까. 인간의 본성에는 한계가 있어요. 기쁨과 슬픔, 고통을 어느 수준까지는 참을 수 있지만 그 한계를 벗어나는 순간 더는 견딜 수 없는 겁니다. 이건 약한 사람이냐 강한 사람이냐의 문제가 아니에요. 자신에게 정해진 고통의 한계를 견딜 수 있느냐의 문제죠. 정신적으로든, 육체적으로든 말입니다. 자살하는 사람을 두고 겁쟁이라고 하는 말은 몹쓸 열병으로 죽어가는 사람을 두고 그렇게 말하는 것이나 마찬가지로 황당한 소리로 들립니다."

그러자 알베르트가 "대단한 역설이군요!" 하고 외치듯 말했다. 나는 "당신이 생각하는 만큼은 아니에요"라고 대꾸한 뒤 말을 이었다.

"사람이 건강이 나빠져 기운이 빠지고 제대로 활동하지 못하다 다시는 일어설 수 없게 되어 어떤 획기적인 처방으로도 삶을 정상으로 되돌려놓을 수 없을 때 우리는 이것을 죽을병이라고 부릅니다. 여기에는 이의가 없겠지요? 자, 이제 이 말을 정신에 적용해봅시다. 절박한 상황에 빠진 사람을 한번 보세요. 어떤 인상이 그 사람에게 영향을 미쳐서 한 가지 생각에 붙들리게 되지요. 그러다 스스로 불타올라서 마침내 그 사람은 평상심을 잃고 파멸합니다. 침착한 사람, 이성적인 사람은 그런 사람을 이해하지 못하죠. 그러니 그들은 설득해봤자 아무 소용이 없습니다. 건강한 사람이 병석에 누운 사람에게 힘을 조금도 나눠줄 수 없는 이치와 마찬가지죠."

알베르트에게 이 이야기가 너무 추상적으로 들릴 거라는 생각이 들었다. 그래서 나는 얼마 전 익사체로 발견된 아가씨를 떠올리고 그 이야기를 해주었다.

"손바닥만 한 가내수공업 공장에서 매주 정해진 일을 하는 아가씨였습니다. 일요일이면 그간 조금씩 모은 돈으로 마련한 나들이옷을 입고 또래들과 시내로 놀러 가거나, 가끔 큰 축제가 열리면 춤을 추러 가거나, 싸움이 벌어지거나 안 좋은 소문이 돌면 몇 시간씩 이웃집 친구와 그 이야기로 수다를 떨기도 했습니다. 하지만 그 밖의 즐거움이라고는 모르고 살았지요. 그러던 어느 날 본성이 열정적이었던 이 아가씨는 한층 은밀한 욕구를 느끼게 되었지요. 남자들의 아첨으로 그 욕구는 더욱 커졌고, 예전에 알던 즐거움은 점점 시시하게 느껴졌습니다. 그러던 차에 한 남자를 만납니다. 아가씨는 이제까지 알지 못했던 감정을 느끼고 그 남자에게 걷잡을 수 없이 빠져들었어요. 그래서 그 남자에게 자신의 모든 희망을 걸었어요. 세상 사람들이 뭐라고 떠들어 대든 아무것도 들리지도 않고 보이지도 않았어요. 오로지 그 남자밖에 모르고 그 남자 한 사람만 바라보았습니다. 그 아가씨는 허영심이 부추기는 허무한 향락에 물들지 않았어요. 그녀가 원하는 것은 오로지 그 남자의 여인이 되는 것이었어요. 영원한 결합으로 지금껏 맛보지 못한 행복을 맞이하고, 그토록 갈망하는 완전한 환희를 누리고 싶었지요. 남자의 거듭된 약속은 희망을 확신으로 바꿔주었고, 대담한 애무는 그녀의 욕정에 불을 붙여 혼을 쏙 빼놓았습니다. 그녀의 기분은 구름 위를 떠다니는 것 같았고, 잔뜩 부풀어 오른 기대는 극으로 치달아 마침내 꿈을 잡으려고 손을 뻗었지요. 그런데 남자가 그녀를 버리고 말았습니다. 아가씨는 벼랑 끝에 서서 멍하니 허공을 응시했어요. 앞은 캄캄하기만 할 뿐 희망도 없고 위안도 없었어요. 그녀는 어떻게 해야 좋을지 몰랐습니다. 그 남자가 자신을 버렸으니까. 삶의 유일한 의미였던 그 사람이 말입니다! 그녀의 눈에는 드넓게 펼쳐진 세상도, 잃어버린 것을 되찾아줄 다른 남자도 보이지 않았습니다. 그녀는 세상에서 버림받았다는 외로움과 마음속의 괴로움을 견딜 방법이 없어 넋을 잃고 벼랑 아래로 몸을 던지고 말았어요. 사방에서 손짓하는 죽음에 몸을 내맡긴 채 모든 괴로움을 잠재우기 위해서요. 아시겠어요? 이런 게 많은 사람들의 이야기입니다! 이것이 병에 걸린 경우와 뭐가 다르지요? 인간은 본래 여러 감정으로 얽히고설킨 미로에 빠지면 탈출구를 찾지 못하는 법입니다. 그러니 죽는 수밖에요. 이 아가씨를 향해 '저런 바보! 조금만 참지! 시간이 지나면 다 해결될 텐데. 절망감도 사라지고 다른 사람을 만나 위안도 얻을 수 있을 텐데'라고 말하는 사람은 참으로 몹쓸 사람입니다. 그런 말은 열병으로 죽은 사람에게 이렇게 말하는 것과 똑같아요. '바보! 열병으로 죽다니! 조금만 더 참았으면 기력도 회복하고 생기도 되찾고 들끓던

열도 가라앉았을 텐데. 그때까지만 참고 견뎠으면 병이 다 나아 지금까지 살아 있었을 텐데!'라고 말입니다."

알베르트는 이런 비유에도 이해가 안 가는지 몇 가지 반론을 제기했다. 이를테면 내가 든 예는 그저 단순한 아가씨의 이야기라는 거다. 이성을 지닌, 세상을 좀 더 넓게 보고 사리분별을 좀 더 잘하는 사람이 그런 짓을 했을 때도 그 사람을 과연 용서할 수 있을지 도저히 이해할 수 없다나? 나는 언성을 높이며 말했다.

"이봐요! 인간은 인간일 뿐이에요. 인간의 그 알량한 이성은 욕망이 끓어오를 때 전혀 제구실을 하지 못하는 법입니다. 오히려…… 그 이야기는 다음에 합시다."

나는 이렇게 말하고 모자를 집어 들었다. 가슴이 몹시 답답했어. 우리는 서로 이해하지 못한 채 헤어지고 말았다. 사람은 다른 사람을 쉽게 이해할 수 없는 법이지.

8월 15일

이 세상에서 사랑보다 더 절실한 것은 정말 아무것도 없는 것 같다. 로테를 보면 나를 잃고 싶어 하지 않는 마음이 느껴진다. 로테의 동생들도 으레 내가 아침마다 오는 줄 알고 있다. 오늘은 로테의 피아노를 조율하러 갔지만 결국 하지 못했다. 아이들이 옛날이야기를 해달라고 조르는 데다가 로테도 아이들 뜻대로 해주라고 했기 때문이야. 나는 먼저 아이들에게 저녁 빵을 나눠주었다. 이제 아이들은 로테가 나눠주는 빵만큼이나 내가 주는 빵도 잘 받아 먹는다. 그러고 나서 골방에 갇힌 공주 이야기의 주요 부분을 들려주었다. 굶어 죽게 된 공주에게 천장에서 여러 손이 내려와 먹을 것을 주었다는 대목 말이야. 아이들에게 동화를 들려주다 보면 오히려 내가 배우는 점이 더 많다. 정말이다. 그리고 동화가 아이들에게 얼마나 깊은 인상을 남기는지 확인하는 순간 놀라지 않을 수가 없다. 같은 동화를 두 번째로 다시 들려줄 때는 종종 처음 내용이 기억나지 않아 꾸며서 이야기하곤 하는데, 그럴 때면 아이들이 지난번과 다르다고 바로 알려준다. 그래서 나는 이야기를 틀리지 않으려고 노래하듯 막힘없이 낭송하는 연습을 하고 있어. 어떤 작가가 개정판을 내면서 내용을 고쳐서 발표한다면 비록 문학적으로 나아졌다 하더라도 그 작품에 해가 된다는 사실을 이번에 아이들 덕분에 깨달았다. 첫인상은 누구에게나 매우 강하게 남는 법이지. 게다가 인간은 본시 아무리 허황된 이야기라도 곧이듣게 되어 있다. 하물며 첫인상은 우리 뇌리에 단단하게 박히기 마련인데, 그것을 굳이 파내고 지우려는 행위는 옳지 않은 것 같다.

8월 18일

행복의 원천이 불행의 씨앗이 되다니! 왜 꼭 그래야만 하는건지!

생동하는 자연을 대할 때면 내 가슴은 따듯하게 벅차올

랐고, 나는 행복에 겨워 나를 둘러싼 세상이 낙원처럼 느껴졌다. 하지만 이제는 이 모든 느낌이 못된 악령이 되어 가는 곳마다 나를 따라다니며 괴롭히고 있다. 예전에는 바위 언덕에 서서 강 건너 언덕까지 이어진 비옥한 골짜기를 굽어보면 세상 만물이 싹트고 물이 오르는 모습이 보였다. 산마다 기슭에서 봉우리까지 우람한 나무가 빽빽이 자라고, 굽이굽이 돌아드는 골짜기마다 아늑한 숲이 그늘을 드리우며, 강물은 살랑거리는 갈대 사이로 부드럽게 흐르고, 그 위로 저녁 바람에 실려 사뿐히 날아온 어여쁜 구름의 그림자가 비쳤다. 새들의 노랫소리는 숲을 깨우고, 마지막 석양빛 속에서 날벌레가 떼를 지어 힘차게 춤을 추었다. 딱정벌레들도 반짝이는 햇빛에 윙윙대며 풀숲에서 나왔다. 내 주위를 맴도는 벌레들의 부지런한 날갯짓에 나는 유심히 발밑을 내려다보았다. 내가 선 단단한 바위에 붙어 양분을 빨아먹는 이끼, 척박한 모래 언덕에서 자라난 수풀, 이 모든 것이 자연 속에 이글거리는 생명을, 자연의 신성한 삶을 내 눈앞에 열어주었다. 내 따듯한 가슴으로 이 모든 것을 품으면 그 넘쳐흐르는 풍요 속에서 나는 마치 신이 된 듯했고, 광활한 세상에 활기를 불어넣는 찬연한 형상들의 움직임으로 내 모든 정신은 활기를 되찾는 듯했어. 장엄한 산줄기가 주위를 둘러싼 가운데 내 앞에 가로놓인 절벽을 타고 폭포수가 쏟아져 내리면 발아래 흐르는 물줄기의 외침에 천지가 크게 울리어 흔들렸다. 나는 땅속 깊은 곳에서 무수히 많은

기가 모여 땅 위의 생명체를 수천 배로 늘리고, 그 결과 형형색색의 수많은 형상이 하늘 아래 북적이는 모습을 보았다. 그런데 인간들은 오두막집에 보금자리를 틀고 살면서 자신이 이 세상의 지존인 줄 안다! 자신이 작고 하찮다고 모든 것이 보잘것없는 줄 알다니 어리석기 이를 데 없다. 하지만 영원히 창조하는 자의 정신은 오를 수 없이 험준한 산에도, 전인미답의 황무지에도, 미지의 바다 끝에도 가 닿으니 살아서 자신에게 귀 기울이는 티끌 하나에도 흐뭇해하는 법이다. 아! 그 시절에 나는 머리 위로 날아가는 두루미를 보면서 저 날개에 몸을 싣고 끝 모를 바다를 건너고 싶었다. 저편 해안에 당도해 영원불멸의 존재가 건네는 잔에 삶의 기쁨을 넘치도록 따라 마시고, 내 둔한 가슴으로 그분의 축복을 한순간만이라도, 한 방울만이라도 느껴보기를 얼마나 간절히 바랐던가! 모든 것을 자신의 뜻에 따라 제 손으로 창조하는 조물주의 축복을 간절히 바랐다!

친구, 그때를 떠올리기만 해도 기분이 좋아지는군. 그 오묘한 느낌을 이렇게 말로 표현하기만 해도 절로 흥이 돋는군. 하지만 그러고 나면 내 처지에 대한 불안감이 더 절실하게 다가온다!

내 마음의 눈을 가리고 있던 장막이 걷힌 느낌이다. 영원한 삶의 무대가 내 눈앞에서 떡 하니 입을 벌린, 바닥을 알 수 없는 깊은 무덤으로 둔갑하고 있어. 모든 것이 사라져가는데, 모든 것이 쏜살같이 지나가 버리는데 과연 "존재

한다!"고 말할 수 있을까? 아무리 안간힘을 써도 버틸 수 없고 끝내 물결에 휩쓸려 가라앉고 바위에 부딪혀 산산조각이 나는데도 이렇게 말할 수 있을까? 너와 네 주변 사람들은 매 순간 파괴당하고 있다. 그러면서 너 또한 끊임없이 무언가를 파괴하고 있어. 너는 한순간도 파괴를 멈출 수 없다. 무심코 내딛는 발걸음조차 죄 없는 벌레를 수없이 죽인다. 개미들이 공들여 만든 작은 세계도 한 발로 짓밟아 묘지로 전락시켜 버린다. 그래, 내가 두려워하는 것은 어쩌다 일어나는 대재앙이 아니다. 마을을 휩쓸어버리는 홍수나 도시를 삼켜버리는 지진이 아니라 세상 만물에 숨어 있는 파괴력이다. 나는 그 앞에서 용기를 잃고 무너지고 만다. 이웃과 자신을 파괴하고, 파괴하지 않는 것은 아무것도 만들지 않는 그 힘 앞에 말이다! 나는 두려움에 휩싸여 비틀거린다. 하늘과 땅 그리고 그곳에서 살아 움직이는 힘이 나를 덮칠 듯 다가온다. 내 눈앞에 보이는 것이라고는 끝없이 삼키고 영원히 되새김질하는 괴물뿐이다.

8월 21일

아침마다 꿈에 지쳐 어렴풋이 정신이 들면, 나는 그녀에게 손을 뻗지만 그녀는 내 곁에 없다. 나란히 풀밭에 앉아 그녀의 손에 수없이 입맞춤하는 달콤한 꿈을 꾸는 밤이면 나는 그녀를 찾지만 내 곁에 없어. 비몽사몽 침대를 더듬다 잠에서 깨면 내 답답한 가슴속에서 왈칵 눈물이 쏟아진다.

암담한 미래를 바라보며 하릴없이 울기만 할 뿐이다.

8월 22일

이렇게 불행할 수가! 빌헬름, 나는 활력을 잃고 불안하고 게으른 상태에 빠지고 말았다. 한가로움을 즐길 수도 없고, 그렇다고 뭔가를 할 수도 없어. 상상력도 메말랐고, 자연을 보아도 아무런 느낌이 없어. 책은 생각만 해도 역겨울 정도다. 인간은 스스로 포기하는 순간 모든 것을 잃는 것 같다. 솔직히 내가 일용직 노동자라면 좋겠다고 생각할 때가 꽤 있다. 적어도 아침에 깨어나면 그날 하루를 전망하고, 욕망을 느끼고, 희망을 걸 수 있을 테니까. 때로는 서류 더미에 파묻혀 사는 알베르트가 부럽기도 하다. 나도 차라리 그랬으면 좋겠다. 벌써 여러 번 너와 대신(大臣)에게 공사관 자리를 구하는 편지를 쓰려고 했다. 내가 지원하면 분명 채용될 거라고 했지? 나도 그러리라 믿는다. 대신께서는 오래전부터 나를 아껴서 내게 무슨 일이든 해야 하지 않겠느냐고 다그치셨거든. 편지는 한 시간이면 쓰고도 남을 텐데. 하지만 다시 생각해보면 말 이야기가 떠올라 어찌 해야 좋을지 모르겠다. 자유에 싫증을 느낀 말이 스스로 사람을 태우고 달리다 결국 쓰러져 버린 이야기 말이다. 빌헬름, 어쩌면 상황이 달라지기를 바라는 내 마음은 불편한 조바심이고, 어디를 가도 떨칠 수 없는 것이 아닐까?

만약 내 병이 나을 수 있는 거라면 나를 고칠 사람은 바로 이 사람들일 거다. 오늘은 내 생일이고, 아침 일찍 알베르트가 보낸 소포를 받았다. 포장을 뜯자 분홍색 리본이 눈에 들어왔다. 이 리본은 로테를 처음 본 날 그녀가 가슴과 팔에 달고 있던 것이다. 그 후 나는 그 리본을 달라고 몇 번이나 졸랐다. 소포 안에는 12절판 책도 두 권 들어 있었다. 그것은 베트슈타인판 호메로스였는데, 에르네스티판은 산책할 때 들고 다니기가 불편해서 무척이나 갖고 싶어 하던 책이다. 자, 봐! 사람들이 이렇게 내 소원을 들어주었다. 친구로서 비록 작지만 성의가 담긴 선물을 찾아낸 거다. 호화로운 선물은 주는 사람의 허영심을 채울 뿐, 받는 사람에게 모욕감을 안기기 십상이다. 이 선물은 그런 선물에 비하면 천 배는 더 값진 것이다. 나는 리본에 수없이 입을 맞추며, 숨을 쉴 때마다 환희에 찬 기억을 들이마신다. 짧지만 행복했던, 다시는 돌아오지 않을 나날들이 내 가슴에 넘치도록 채워주었던 그 환희의 순간을 돌이켜보았다. 그래, 빌헬름. 한탄하지 않을게. 인생의 화려한 꽃은 환영일 뿐이다. 수많은 꽃이 흔적도 없이 열매도 맺지 못한 채 지고 만다. 열매를 맺더라도 그 가운데서 무르익는 것은 별로 없다. 아니, 열매는 얼마든지 있다. 잘 익은 열매마저 거두지 않고 거들떠보지 않거나 먹지 않은 채 썩게 내버려둘 수는 없는 일이다.

잘 있게! 참으로 찬란한 여름이다. 때때로 로테의 과수원에 가곤 한다. 나는 배나무 가지에 올라앉아 과일 채취용 막대로 꼭대기에 달린 배를 따고, 로테는 그 아래 서서 내가 따서 내려주는 배를 받는다.

8월 30일

딱한 녀석! 바보! 그렇다고 자신을 속이다니! 멈출 줄 모르고 타오르기만 하는 이 열망은 도대체 무엇이란 말인가? 나는 이제 로테를 향해서 기도할 뿐 다른 기도는 하지 않는다. 내 머릿속에는 그녀의 모습 외에는 아무것도 떠오르지 않는다. 나는 주변에 보이는 모든 사물에서 그녀의 의미를 찾는다. 그러면서 몇 시간이고 행복에 젖어들곤 한다. 내 뇌리에서 로테를 떨쳐내야 하는 순간까지 말이다. 빌헬름, 때로는 내 마음이 어디로까지 달려가는지 아는가? 두세 시간 로테 곁에 앉아서 그녀의 모습과 거동 그리고 그녀의 입에서 나오는 아름다운 표현에 넋을 잃고 있노라면 어느새 내 모든 감각이 과도하게 긴장해 눈앞이 어두워지고 귀도 들리지 않는다. 마치 누군가 내 목을 조르는 듯 숨이 막히고, 내 심장은 갑갑해진 감각에 숨통을 틔우려는 듯 거칠게 뛰는데 그럴수록 내 감각은 혼란스러워지기만 한다. 가끔은 내가 살아 있는지 죽었는지 분간되지 않는다. 때로는 끓어 넘치는 슬픔을 가누지 못해 로테의 손을 내 눈물로 적시며 답답한 마음을 풀어 작은 위안이라도 얻고 싶지만, 그녀가 이를 허락하지 않으면 나는 뛰쳐나가는 수밖에 달리

방도가 없다. 넓은 들판을 헤매고, 가파른 산을 기어오르고, 가시에 찔리고 덤불에 찢기면서 길도 없는 숲을 헤치고 달리다 보면 기분이 조금 나아진다. 아주 약간이지만 말이다. 그러다 도중에 지치고 목이 말라 땅바닥에 드러누울 때도 있다. 또 한밤중에 높이 솟은 보름달이 내 머리 위에 떠 있을 때, 고적한 숲에서 구부정하게 자란 나무에 걸터앉아 상처 난 발바닥을 잠시 쉬게 할 때, 피로에 지친 몸을 어스름 달빛에 맡긴 채 잠에 빠져들 때……. 아! 빌헬름. 외로운 수도자의 방과 거친 사제복, 가시 박힌 허리띠만이 내가 애타게 찾는 위로를 주는 것 같다. 안녕! 내 생각에 이 불행의 끝은 무덤뿐이다.

9월 3일

떠나야지. 흔들리는 내 결심을 다잡아줘서 고맙다. 벌써 이 주일 전부터 로테 곁을 떠나야 한다는 생각과 씨름하고 있다. 떠나야지. 로테는 또다시 시내에 사는 친구 집에 가 있다. 그리고 알베르트가 곁에 있으니 나는 떠나야 한다.

9월 10일

대단한 밤이었다. 빌헬름, 이제 모든 번민을 끝냈어. 다시는 로테를 만나지 않을 거다. 네 목을 끌어안고 하염없이 눈물을 흘리며 밀려오는 기쁨을 드러낼 수 없어 참으로 안타깝다. 나는 여기 앉아 숨을 고르며 마음을 진정시키고 있다. 내일 아침 해가 뜨면 말이 오기로 되어 있다.

로테는 나를 다시는 못 보리라고 생각지도 못한 채 편히 자고 있다. 나는 이제 홀가분하다. 두 시간이나 대화를 나누는 동안 내 결심을 발설하지 않았을 정도로 나는 잘 참았다. 아, 정말 기막힌 대화였다!

알베르트는 저녁 식사를 마치자마자 로테와 함께 정원에 나와 있겠노라고 내게 약속했다. 나는 높은 밤나무 아래 테라스에 서서 해를 바라보고 있었다. 어여쁜 골짜기 너머로, 잔잔한 시냇물 너머로 해가 지는 모습을 마지막으로 지켜보는 순간이었다. 이 멋진 광경을 로테와 함께 지켜본 적이 참으로 많았는데……. 나는 몹시도 좋아하던 가로수 길을 따라 올라갔다 내려왔다. 로테를 알기 전부터 이곳의 어떤 은밀한 매력에 이끌려 자주 찾아와 머물곤 했다. 우리가 알게 되고 얼마 지나지 않아 두 사람 다 이곳을 좋아하고 있었다는 사실을 알고는 얼마나 반가웠던지! 정말이지 이토록 낭만적인 장소는 미술 작품에서도 본 적이 없다.

일단 밤나무 사이로 시야가 툭 트여 있다. 아, 참! 벌써 여러 번 이야기한 적 있지? 높다란 너도밤나무가 마치 두 개의 벽처럼 양쪽으로 끝없이 늘어서 있고, 그것과 잇닿은 덤불숲 때문에 가로수 길은 점점 어두워지다가 사방이 막힌 빈터로 이어진다는 이야기, 그 빈터에는 으스스할 정도로 고적한 분위기가 감돈다는 이야기도 이미 했지. 어느 날 해가 높이 솟은 대낮에 처음 그곳에 발을 들여놓았는데, 그때 느꼈던 은밀한 느낌이 아직도 생생하다. 그때 나는 그곳이 행복과 고통의 무대가 되리라고 어렴풋이 예감했다.

나는 이별과 재회를 생각하며 반 시간 정도 안타깝고도 달콤한 감상에 빠져 있었다. 이내 로테와 알베르트가 테라스로 올라오는 소리가 들렸고, 나는 달려가 로테의 손에 조심스럽게 입맞춤을 했다. 우리가 테라스로 올라오니 마침 덤불숲 너머로 달이 떠올랐다. 우리는 이런저런 이야기를 나누다 어느새 어둠침침한 정자 앞에 이르렀다. 로테가 안으로 들어가 앉자 알베르트가 그녀 옆에 앉았고, 나도 그렇게 했다. 하지만 나는 마음이 불안해 진득하게 앉아 있지 못하고 일어나서 로테 앞을 왔다 갔다 하다가 다시 앉았다. 그녀는 너도밤나무 저 끝에서 우리 앞 테라스를 비추는 달빛을 가리키며 주의를 환기시켰다. 장관이었다! 주변에는 짙은 어둠이 깔려 있어 달빛이 더욱 환해 보였다. 우리는 아무 말도 하지 않았다. 잠시 뒤 로테가 입을 열었다.

"달빛 아래서 산책을 할 때면 언제나 돌아가신 분들이 생각나요. 죽음과 내세를 생각하지 않은 적이 없었죠. 우리는 저세상에서도 살아 있을 거예요."

로테는 감정이 북받친 목소리로 말을 이었다.

"베르터, 우리가 서로 만나게 될까요? 서로 알아볼까요? 어떻게 생각하세요?"

나는 눈물이 글썽이는 눈으로 로테에게 손을 뻗으며 말했다.

"로테! 우리는 다시 만날 겁니다. 여기서도, 또 거기서도!"

더는 말을 이을 수가 없었다. 하필 두려운 이별을 가슴에 품고 있을 때 그런 걸 묻다니 말이다! 로테가 말을 이었다.

"돌아가신 분들은 우리를 보고 있을까요? 우리가 잘 지내는지 알고 있을까요? 우리가 품고 있는 절절한 추모의 정을 느끼고 있을까요? 아! 내 동생들 틈에 앉아 있는 밤이면, 동생들이 돌아가신 어머니를 둘러싸고 있었듯 나를 둘러싸고 있을 때면 언제나 어머니의 모습이 떠올라요. 그럴 때마다 어머니가 그리워 눈물을 흘리며 하늘을 보고 소원을 빌었어요. 나는 어머니가 임종하시던 순간 동생들의 어머니가 되겠다고 약속했어요. 바로 그 약속을 지키는 모습을 어머니가 한순간만이라도 내려다보시게 해달라고 기원하며 감정이 북받쳐 이렇게 소리 내어 말하죠. 어머니! 만약 어머니가 아이들에게 하셨던 만큼 못하고 있다면 저를 용서해주세요. 하지만 제가 할 수 있는 것은 다하고 있어요. 먹이고 입히고 무엇보다 보살펴주고 사랑해주고 있어요. 사랑하는 어머니, 우리가 화목하게 지내는 모습을 보신다면 뜨거운 감사의 마음으로 하느님께 영광을 돌리실 거예요. 어머니가 돌아가시기 전 쓰라린 마지막 눈물을 흘리며 아이들의 평안을 기원하셨던 그 하느님께 영광을 돌리실 테죠."

로테는 그렇게 말했다! 빌헬름, 누가 로테가 한 말을 똑같이 따라 할 수 있겠나? 차갑고 생명 없는 철자가 이 아름다운 정신의 꽃을 어떻게 묘사할 수 있겠나?

그때 알베르트가 부드럽게 끼어들었다.

"로테! 당신은 그 생각에 너무 깊이 빠졌어요. 그런 생각에 매달리는 건 이해하지만 제발……."

로테는 알베르트의 말을 끊고 다시 말했다.

"알베르트! 아버지가 출장 가신 날 밤이면 아이들을 재워 놓고 우리가 작은 원탁에 앉아 있던 일을 잊지 않았지요? 당신은 좋은 책을 앞에 두고 있었지만 거의 읽지 않았어요. 그 거룩한 혼령과 함께 시간을 보내는 일이 더 좋아서 그런 것 아니었나요? 아름답고 자상하고 명랑하며 늘 부지런했던 어머니의 혼령과 함께하는 게 좋지 않았나요! 나는 잠자리에서 하느님 앞에 무릎을 꿇고 눈물을 흘리며 어머니처럼 되게 해달라고 기도했어요. 이 사실을 하느님은 아실 거예요."

나는 "로테!" 하고 부르면서 로테 앞에 엎드려 그녀의 손을 잡았다. 내 눈에서 흐르는 눈물이 로테의 손을 적셨다. 내가 말했다.

"하느님의 축복과 어머니의 혼령이 당신 곁을 떠나지 않으실 겁니다!"

로테는 내 손을 꼭 쥐며 말했다.

"당신이 어머니를 만났더라면 좋았을 텐데. 어머니는 당신이 알고 지내도 될 만한 훌륭한 분이셨어요."

나는 정신이 혼미해져 쓰러질 것 같았다. 예전에 이보다 더 대단하고 자랑스러운 칭찬을 들어본 적이 있었던가! 로테가 말을 이었다.

"어머니는 한창때 돌아가셨어요. 막내가 육 개월도 채 안되었을 때니까요. 어머니의 병도 오래가지 않았어요. 어머니는 모든 것을 편안하게 내려놓으셨지만 아이들, 그중에서도 막내를 무척 마음에 걸려 하셨지요. 마지막 순간이 다가오자 어머니는 아이들을 데려오라고 말씀하셨어요. 나는 동생들을 데려갔는데, 어린애들은 무슨 영문인지 모르는 듯했고 좀 큰 애들은 넋이 나간 듯했지요. 아이들이 침상에 둘러서자 어머니는 손을 들어 아이들을 위해 기도했고, 아이들에게 일일이 입을 맞춘 다음 내보내셨어요. 그리고 내게 '저 아이들의 어머니가 되어다오!'라고 말씀하셨어요. 나는 그러겠다고 약속했어요. 그러자 어머니는 이렇게 말씀하셨어요. '로테, 너는 어려운 약속을 한 거다. 어머니의 마음과 어머니의 눈을 약속한 거야. 그것이 어떤 것인지 너는 잘 알고 있을 거다. 네가 종종 감사의 눈물을 흘리는 모습을 보면서 나는 이미 알아봤단다. 네 동생들을 위해 그 마음을 잘 간직해다오. 아버지께는 아내처럼 순종해야 한다. 아버지를 잘 모시고 위로해다오.' 그리고 아버지는 어떠신지 물으셨어요. 아버지는 슬퍼하는 모습을 보이기 싫어 밖에 나가 계셨어요. 아버지의 상심은 이루 말할 수 없을 정도로 컸어요. 알베르트, 당신은 그 방에 있었지요. 어머니는 발소리를 듣고 누구냐고 물으시더니 당신을 불렀어요. 어머니는 당신을 바라보시고 또 나를 바라보셨어요. 우리가 행복할 거라서, 함께 행복하게 잘 살 거라서 마음이 놓인다는 편안한 눈길로 말이에요."

이 말에 알베르트는 로테의 목을 껴안고 입을 맞추며 외쳤다.

"우리는 지금 행복해요! 앞으로도 행복하게 살 거예요!"

언제나 침착하던 알베르트도 자제심을 잃었고, 그때 나는 어땠는지 모르겠다. 로테가 내게 말했다.

"베르터, 이런 분이 돌아가셨어요. 세상에서 가장 사랑하는 사람을 잃는다는 게 어떤 건지 경험하지 않은 사람은 모를 거예요. 그때의 충격을 누구보다 아이들이 민감하게 느낀다는 사실을 생각하면, 아, 하느님! 아이들은 한참 동안 검은 옷을 입은 아저씨들이 어머니를 데려갔다고 이야기했어요."

나는 몸을 일으켜 정신을 차리고 자리에 앉은 채 감동에 젖어 로테의 손을 잡았다. 로테는 "이만 가지요. 늦었어요" 하며 손을 빼려고 했지만 나는 놓지 않았다. 나는 크게 외쳤다.

"우리는 다시 만날 겁니다. 우리는 서로를 찾을 거예요. 아무리 많은 사람 속에서도 서로를 알아볼 겁니다."

그리고 이렇게 말을 이었다.

"나는 갑니다. 그렇지만 이것이 영원한 이별이라면 참을 수 없을 겁니다. 잘 있어요, 로테! 잘 있어요, 알베르트! 꼭 다시 만나요."

내 말에 로테는 "내일 말이죠?" 하고 농담처럼 말했다. '내일'의 의미가 가슴에 와 닿았다. 아! 로테는 내 손에서 자신의 손을 뺄 때 아무것도 몰랐다! 그렇게 두 사람은 가로수 길을 따라 멀어졌다. 나는 달빛 아래 서서 그들의 모습을 바라보다 바닥에 쓰러져 울음을 터뜨렸다. 그러고는 벌떡 일어나 테라스로 뛰어 올라갔다. 저 아래 높다란 보리수 그림자 위로 로테의 흰옷이 정원 문을 향해 아른거리는 모습이 보였다. 내가 손을 뻗자 그 모습은 사라졌다.

Die Leiden
des Jungen Werther

/

2부

/

우리는 어제 이곳에 당도했다. 공사는 몸이 좋지 않아 며칠 동안 움직이지 못할 거다. 공사가 조금만 친절하게 대해주면 더는 바랄 나위가 없을 텐데. 아무래도 이건 운명이 내게 주는 시련인 것 같다. 아무래도 그런 것 같아. 그래도 좋게 생각해야지. 마음을 가볍게 먹으면 모든 시련을 이겨낼 수 있으니까 말이다. 가벼운 마음이라니! 우습다. 내 입에서 그런 말이 다 나오다니. 아! 내가 조금만 가벼운 천성을 타고났더라면 하늘 아래 가장 행복한 사람이 되었을 텐데! 가만있자! 능력이나 재능이 나만 못한 사람도 내 앞에서 젠체하며 거드름을 피우는 마당에 내가 왜 내 능력과 재능 때문에 절망해야 하는 거지? 아! 하느님께서 내게 이 모든 것을 주시는 대신 차라리 그 절반을 자신감과 자족감으로 바꿔주셨으면 좋았을 것을!

참자! 참아야 한다! 모든 일이 다 잘될 거다. 빌헬름, 네 말이 옳았다. 사람들 사이에 섞여 이리저리 쫓아다니면서 그들이 무엇을 하는지, 어떻게 사는지 보게 되면 나 자신과도 훨씬 더 잘 지내게 될 거라는 말을 했지. 진정 맞는 말이다. 우리 인간은 본시 모든 사람을 자신과 비교하고 또 자신을 모든 사람과 비교하도록 만들어졌다. 그러니 행복한가, 불행한가는 우리 주변의 사람과 사물에 달린 문제다. 혼자 있는 일보다 더 위험한 일은 없다. 인간의 상상력은 본질적으로 가만있지를 못한다. 문학 작품에 나오는 멋진 장면들까지 동원해 탑을 그리는데, 그 맨 아래층이 자신이 놓인 위치다. 다른 사람들은 모두 나보다 더 잘나 보이고 더 훌륭해 보이지. 우리는 아주 자연스럽게 이런 상상을 한다. 왜냐하면 우리는 걸핏하면 내게는 없는 것을 남들은 가졌다고 생각하기 때문이지. 그런 생각이 들면 내가 가진 것조차 다른 사람한테서 찾고, 그러면서 그 사람은 아무런 근심 없이 잘 사는 사람이라고 단정 지어버린다. 이렇게 해서 행복한 사람의 그림이 완성되는데, 이건 단지 우리가 상상으로 만들어낸 모습일 뿐이다.

반면 우리가 약하고 곤궁할지언정 위험을 피해 끊임없이 앞으로 나아간다면, 비록 느린 걸음일지라도 때로는 돛배를 타고 가거나 노를 저어 가는 사람보다 오히려 앞서 갈 수 있다. 그렇게 다른 사람들과 어깨를 나란히 하고 가거나 그들보다 앞서 나갈 때 스스로 느껴지는 모습이야말로 자신의 진정한 모습이다.

이곳 생활도 이제 견딜 만해졌다. 무엇보다 할 일이 많아서 다행이란 생각이 든다. 온갖 사람을 다 만나고, 별별 진풍경을 다 본다. C 백작이라는 사람을 알게 되었는데, 그분에 대한 내 존경심은 나날이 커진다. 학식이 매우 높은데, 그렇다고 차가운 사람도 아니다. 보는 눈이 대단히 넓고 인정도 많다. 그분을 만나다 보면 그런 품성을 잘 알 수 있다. 내가 백작이 맡긴 업무를 처리할 때 그분이 내게 관심을 보였다. 몇 마디 말을 나눠보고 우리가 잘 통한다고 느낀 것 같다. 다른 사람에게는 하지 않을 말도 내게는 털어놓을 정도가 되었다. 나도 그분이 내게 솔직하게 대하는 모습에 얼마나 큰 감동을 받았는지 모른다. 위대한 영혼이 내게 호감을 보일 때보다 가슴이 더 따뜻해지는 순간이 있을까?

내 이럴 줄 알았다. 공사가 나를 무척이나 괴롭힌다. 세상에 그보다 더 꽉 막힌 바보는 없을 거다. 매사를 정해진 순서대로 처리해야만 하고, 잔소리는 또 어찌나 심한지 시어머니가 따로 없다. 스스로 만족할 줄도, 다른 사람에게 감사할 줄도 모르는 인간이다. 나는 일을 후딱 해치우고 일단 끝낸 일은 다시 손대지 않는 성격인데, 그 사람은 내가 올린 서류를 되돌려주는 일이 다반사다.

"잘했군. 하지만 다시 한 번 찬찬히 살펴보도록 해요. 더 나은 말, 더 세련된 수식어가 반드시 있을 테니."

이런 식이니 내가 아주 돌아버리겠다. '그리고' 같은 접속사를 빼먹어도 안 되고, 내가 무의식중에 도치법이라도 썼다가는 나를 잡아먹을 기세다. 복합문을 전형적인 공문 형식에 맞게 풀어 쓰지 않으면 무슨 뜻인지 전혀 이해하지 못하는 위인이다. 이런 사람과 같이 일해야 하니 고역일 수밖에.

C 백작이 나를 믿어주니 그나마 온전하게 버틸 수 있다. 얼마 전 백작도 공사의 지나치게 꼼꼼한 업무 방식이 불만스럽다고 내게 털어놓았다.

"그런 사람은 자신은 물론이고 다른 사람까지 고생시키는 사람이야. 하지만 그러려니 해야지. 산을 넘어가야 하는 사람처럼 말이야. 물론 산이 없다면 길이 훨씬 수월하고 거리도 가깝겠지. 하지만 산이 있으니 어쩌겠나? 넘을 수밖에 다른 방법이 없잖은가!"

백작이 자신보다 나를 더 좋아한다는 것을 눈치 챈 공사 영감은 못마땅한지 기회만 있으면 나를 붙잡고 백작의 험담을 늘어놓는다. 나는 당연히 반론을 제기한다. 그로 말미암아 사태는 더 악화되기만 한다. 어제는 결국 나도 분통을 터뜨리고 말았다. 백작 이야기를 하는 척하면서 나까지 싸잡아 모욕한 것이다. 그는 이렇게 말했다.

"백작은 이런 실무에 아주 적격이야. 일을 능숙하게 처리하는데다 문장도 빼어나지. 하지만 제대로 공부한 전문가가 아니다 보니 아무래도 지식의 깊이는 부족해."

그러면서 표정으로는 "어떤가, 뜨끔하지?"라고 말하고 있었다. 하지만 내가 그 정도 도발에 기죽을 사람은 아니지 않은가. 그런 식으로 생각하거나 행동하는 사람들은 내게 경멸의 대상일 뿐이다. 나는 지지 않고 꽤 강하게 일격을 가했다.

"백작님은 존경하지 않을 수 없는 분입니다. 학식으로 보나 인품으로 보나 참으로 대단하신 분이에요. 저는 그분처럼 정신의 폭을 넓히고, 그 정신을 수많은 대상에 확대해 적용하고, 그러면서 하찮은 일상사에서도 그런 태도를 유지하는 사람을 보지 못했습니다."

이 영감의 머리에 이런 말은 귀신 씨 나락 까먹는 소리일 뿐이다. 그래서 쓸데없이 화를 삼켜가며 허튼소리를 더 들을 필요가 없다고 생각했어. 이렇게 된 것도 다 너희 책임이라고! 너희가 듣기 좋은 말로 꾀어 내게 이 멍에를 지게 했고, 또 일을 하라고 노래를 불렀으니 말이다. 일? 감자를 심거나 말에 곡식을 싣고 시내에 내다 파는 농부가 나보다는 일을 더 많이 할 거다. 내 말이 틀렸다면 지금 묶여 있는 이 노예선에서 앞으로 십 년은 더 뼈 빠지게 일하도록 하지.

게다가 이곳에서는 겉만 번드르르할 뿐 초라한 인간들을 어딜 가나 마주친다. 그 추한 인간들 사이에서 느껴야 하는 권태감이라니! 남보다 한 발짝이라도 더 높은 지위에 오르려고 서로 감시하고 경계하는 작태들과 한심하다 못해 불쌍한 생각이 들 만큼 노골적으로 드러내는 욕망. 한 가지 예를 들어보겠다. 어떤 여자가 있는데, 이 여자는 만나는 사람마다 자신이 귀족에다 명성 있는 지역 출신이라고 떠벌리고 다닌다. 그 여자를 처음 보는 사람은 별 바보 같은 여자다 보겠다고 생각한다. 알량한 귀족 신분에다 출신지의 명성만 있으면 너도나도 떠받들 줄 아는 모양이라고 말이다. 그런데 실상은 이보다 더 심각하다. 이 여자는 이 근처 고장에 사는 서기의 딸이다. 나는 이처럼 부끄러운 줄도 모르고 스스로 욕보이는 짓을 하는 지각없는 족속을 도저히 이해하지 못하겠다.

물론 타인을 자신의 척도로 평가하는 것이 얼마나 어리석은 일인지는 날이 갈수록 분명히 깨닫고 있다. 게다가 내 코가 석 자인 데다가 무슨 일이든 마음만 먹으면 덤비는 성격이라……. 아, 다른 사람이 뭘 하든 상관하지 않을 테니 그들도 내가 뭘 하든 그냥 내버려두면 좋겠다.

무엇보다도 나를 우롱하는 것은 이 숙명적인 신분제도다. 물론 신분의 차이는 필요하다고 생각한다. 그리고 나 자신도 그 덕분에 많은 혜택을 받음을 인정한다. 다만 이 신분제도가 이 땅에서 내게 허락된 소박한 즐거움을 방해하지만 말아주면 좋겠다. 어렴풋이 비치는 행복의 서광을 막지만 말아주면 좋겠다. 최근 산책을 하다 B양을 알게 되었는데, 그녀는 경직된 일상에서도 착한 천성을 간직한 아가씨다. 우리는 대화를 나누다 서로 호감을 느꼈다. 그래서 헤어질 때 집으로 찾아가도 되느냐고 허락을 구했다. B양이 조금도 거리낌 없이 허락하는 바람에 적당한 방문 시기를 참고 기다리기가 힘들 정도였다. B양은 이곳 출신이 아니어서 현재 숙모님 댁에서 살고 있다. 그 노인네의 인상은 마음에 들지 않지만 나는 정중하게 예의를 갖추었지. 우리 대화는 주로 내가 숙모님에 대해 묻는 모양새가 되었다. 30분도 채 안 걸린 대화에서 내가 파악한 사실은 나중에 B양의 입을 통해 들은 내용과 다르지 않았다. 숙모님은 그 나이에 가진 것이라고는 아무것도 없는 사람이었어. 변변한 재산도 없고, 머리에 든 지식도 없고, 의지할 것이라고는 몇대에 걸친 조상의 이름밖에 없었다. 그러다 보니 자신의 신분을 보호막처럼 휘감고 있었다. 낙이라고는 위층 창문에서 지나가는 평민들의 머리를 굽어보는 일뿐이었다. 젊었을 때는 꽤 예뻐서 불쌍한 청년들을 울리며 제멋대로 굴다가 세월을 다 보냈다. 나이가 들어 어느 퇴역 사관을 만났는데 그때는 이미 콧대가 꺾여 그 사람에게 순종했다고 한다. 게다가 빠듯하나마 생활비도 숙모님이 댔다고 들었다. 그 대가로 사관은 숙모님의 쇠퇴기를 함께 살다 갔고, 이 여인은 이제 홀로 빙하기를 살아가고 있다. 조카가 그토록 착하지 않았다면 아무도 거들떠보지 않았을 텐데.

1772년 1월 8일

모든 관심을 오로지 의례적인 형식에만 집중하는 사람들

은 대체 어떤 족속일까? 조금이라도 상석에 가까운 자리를 차지하려고 몇 년에 걸쳐 혼신의 노력을 기울이는 사람들 말이야. 달리 할 일이 없는 것도 아닐 텐데. 할 일이 산더미처럼 쌓여 있는데 말이다. 출세를 위해 감수해야 하는 소소하고 귀찮은 일에 매달리느라 정작 중요한 일은 손도 못 대니 할 일이 점점 더 쌓일 수밖에. 지난주에도 썰매를 타러 갔다 서열 다툼이 벌어지는 바람에 흥이 완전히 깨지고 말았다.

사실 중요한 것은 자리가 아닐뿐더러 가장 높은 자리에 앉는다고 해서 가장 중요한 소임을 맡는 것도 아니다. 그것도 모르는 한심하기 그지없는 족속들! 얼마나 많은 왕이 대신에게 조종당하고, 얼마나 많은 대신이 비서관에게 휘둘리는지 모른단 말인가! 그렇다면 과연 일인자는 누구일까? 사람들을 두루 잘 파악할 줄 알고, 그들의 능력과 열정을 활용해 자신의 계획을 실현할 만한 권력과 기지를 갖춘 사람이 최고라는 생각이 든다.

1월 20일

로테, 나는 지금 폭설을 피해 들어온 초라한 시골 여인숙 작은 방에서 이 글을 씁니다. 암울한 D에서 낯선 사람들, 아니 낯설게만 느껴지는 사람들과 함께 지낼 때는 내 마음이 당신에게 편지를 쓰라고 시킨 적이 한 번도 없었습니다. 그런데 눈과 우박이 창을 거칠게 두드리는 이곳 오두막에 간혀 고독에 싸이니, 가장 먼저 당신이 떠오르는군요. 이곳에 발을 들여놓는 순간 당신의 모습이 나를 덮쳤고, 당신에 대한 기억이 밀려왔습니다. 아, 로테! 그토록 순결하고 그토록 따뜻했던 그대! 행복했던 첫 만남의 순간이 다시 떠오릅니다. 로테! 파도에 휩쓸리듯 산만하게 떠도는 내 마음이 보이나요? 내 감수성은 메말라버려 한순간도 가슴 벅찬 기분을 느끼지 못했으며, 잠시도 즐거움을 느낀 적이 없었습니다. 단 한 번도! 나는 마치 요지경 속을 들여다보는 것 같습니다. 작은 사람들이 작은 말들을 타고 이리저리 움직이는 모습을 보며 내가 환영을 보는 것이 아닌지 묻곤 합니다. 나도 그들과 어울려 함께 놉니다. 아니, 그들이 나를 가지고 놉니다. 마치 꼭두각시 인형을 가지고 놀듯이 말입니다. 때때로 옆 사람의 손을 잡아보지만 나무로 만든 손이라 소스라치게 놀라며 도로 놓아버립니다. 저녁이면 다음 날 아침에 일출을 보리라 마음먹지만, 막상 아침이 오면 잠자리에서 일어나지 못합니다. 낮이면 저녁에 달빛을 즐기리라 계획하지만, 막상 저녁이 오면 방 안에서 나가지 않습니다. 솔직히 왜 자야 하는지, 왜 일어나야 하는지도 모르겠어요.

내 삶을 활력으로 부풀리던 효모가 다 떨어졌습니다. 늦은 밤까지 깨어 있게 붙잡아주고, 아침이면 잠을 깨워주던 매력적인 동기가 이제는 사라지고 없습니다.

이곳에서 내 관심을 끄는 유일한 여인을 만났습니다. 그녀는 B양이라고 하는데, 당신과 닮았습니다. 누군가 당신을 닮을 수 있다면 말입니다. 당신은 "이젠 사람을 추켜세울 줄도 다 알고요!"라고 말하겠지요. 전혀 틀린 말은 아닙니다. 얼마 전부터 나는 매우 곰살가워졌습니다. 그럴 수밖에 없기 때문이지요. 농담도 잘해서 여인들에게 나보다 더 칭찬을 잘하는 사람은 없을 거라는 말도 듣습니다. 당신은 "거짓말도 할 줄 알고요"라고 덧붙이겠지요. 칭찬을 잘하려면 거짓말을 안 할 수가 없으니까요. B양 이야기를 하다 말았지요? B양의 푸른 눈동자는 풍부한 지성으로 반짝입니다. 그녀는 귀족이라는 자신의 신분을 귀찮게 여깁니다. 절실한 소망을 하나도 이루어주지 못하는 짐일 뿐이라고 생각합니다. 그녀는 번잡한 곳에서 벗어나기를 갈망합니다. 그래서 우리는 몇 시간이고 전원 풍경을 배경으로 티 없이 순수한 행복을 그려보곤 합니다. 그리고 당신에 관해서도요. 그녀가 당신을 얼마나 칭송하는지 모릅니다! 그녀의 칭송은 예의상 하는 것이 아니라 마음에서 우러나온 것입니다. 당신 이야기를 듣고 싶어 하고, 당신을 흠모합니다.

아! 아늑하고 정겨운 방에서 당신의 발치에 앉아 있는 내 모습을 그려봅니다. 귀여운 우리 아이들이 나를 에워싸고 소란을 피우겠지요. 당신이 너무 시끄럽다고 하면 나는 아이들을 내 앞에 모아놓고 무서운 이야기를 해주며 소란을 잠재우겠습니다.

눈 내린 대지 위로 노을빛이 찬란합니다. 눈보라는 그쳤습니다. 이제 다시 나를 가두는 새장 속으로 들어가야 합니

다. 잘 지내요! 알베르트는 당신과 함께 있나요? 당신에게
잘해주나요? 별걸 다 묻는군요. 용서하세요.

2월 8일

벌써 일주일째 극심한 악천후가 계속되고 있어. 그래서
좋기만 하다. 이곳에 온 뒤로 날씨가 아무리 좋아도 누군가
망쳐버리거나 흠집을 내지 않은 날이 단 하루도 없었기에
하는 말이다. 그래서 비가 오거나 눈보라가 치거나 서리가
내렸다 녹아 진창이 되는 날이면 차라리 잘됐다는 생각이
든다. 집에 있으나 밖에 나가나 매한가지니까 말이야. 하지
만 아침에 해가 뜨고 화창한 하루가 될 것 같은 날에는 어김
없이 "어이구! 하늘이 또 선물을 내렸으니 너도나도 달려들
어 망치겠구먼!" 하는 말이 튀어나온다. 이곳 사람들이 서
로 망치려 들지 않는 것은 아무것도 없다. 다른 사람의 건강
과 명성, 즐거움 그리고 휴식까지 망치려고 든다! 대부분 유
치하고 이해심이 부족하고 속이 좁은 탓에 하는 짓거리임
에도, 말로는 좋은 뜻으로 한 일이라고 포장을 해댄다. 어느
때는 그런 사람 앞에 무릎을 꿇고 제발 자기 속 좀 그만 긁
으라고 애원하고 싶을 지경이다.

2월 17일

아무래도 나는 공사 밑에서 오래 버티지 못할 것 같다. 실
로 참기 어려운 인간이다. 업무를 처리하거나 사업을 추진

하는 방식이 하도 한심해서 내 생각이나 방식대로 처리해 버리는 일도 적지 않다. 당연히 공사는 못마땅해한다. 얼마 전 궁정에 나에 대한 불만을 토로한 모양이다. 대신께서 그 일로 나를 가볍게 질책하셨다. 가벼워도 질책은 질책이다. 그래서 사직하려던 참이었는데, 대신께서 보낸 개인적인 서신* 한 통을 받았다. 나는 서신에 담긴 그분의 고매하고 현명한 뜻에 감동해 서신 앞에 무릎을 꿇고 경의를 표했어. 대신께서는 내가 지나치게 예민하다고 꾸짖는 한편, 업무 능률이나 다른 사람에게 미치는 영향 또는 사업을 추진하는 생각이 젊은이답게 매우 진취적이라고 칭찬하셨다. 그러면서 이런 기개를 완전히 꺾어버리지는 말고 때가 되어 진가를 발휘하도록 지금은 조금만 누그러뜨리라고 타이르셨다. 그분 덕분에 일주일 동안 나는 심기일전했으며 이제 마음의 동요도 사라졌다. 빌헬름, 평상심이란 참으로 보석과도 같은 것이며, 기쁨 그 자체인 것 같다. 이 귀한 보석이 아름답고 값진 만큼 쉽게 부서지지만 않으면 좋겠는데!

2월 20일

그대들에게 신의 축복이 내리기를! 내게서 가져간 좋은 날들을 모두 그대들에게 주시기를!

---

* 이 서신과 나중에 언급되는 또 한 통의 서신은 보낸 사람에 대한 예의를 지키고자 이 책에 싣지 않았다. 서신을 공개하는 일은 독자들의 성원이 아무리 뜨겁다고 해도 결코 용서받지 못할 무례한 행동이라고 생각한다.

알베르트, 나를 속여주어서 고맙습니다. 당신과 로테의 결혼 소식을 기다리고 있었지요. 그날이 오면 벽에 걸어둔 로테의 실루엣을 엄숙한 마음으로 떼어낼 계획이었습니다. 그러고는 다른 서류 뭉치 속에 묻어두었겠지요. 이제 두 사람은 부부가 되었지만, 로테의 그림은 아직도 벽에 걸려 있습니다. 이대로 두려고 합니다. 그러면 안 될 이유가 없으니까요. 나는 그대들과 함께 있습니다. 로테의 마음속에 말입니다. 하지만 그 때문에 당신이 불편해하지 않아도 됩니다. 로테의 마음속에서 내 자리는, 그러니까 두 번째입니다. 나는 그 자리를 지키려고 합니다. 지킬 수밖에 없어요. 만약 로테가 나를 잊는다면 나는 미쳐서 날뛰고 말 것입니다. 생각만 해도 지옥이 따로 없습니다. 알베르트, 잘 살기 바랍니다! 하늘의 천사여, 안녕! 로테여, 안녕!

3월 15일

참으로 불쾌한 일을 당했다. 드디어 이곳을 떠날 때가 온 것 같다. 이가 갈린다. 빌어먹을! 이 불쾌감을 어떻게 떨쳐야 할지 모르겠다. 이게 다 너희 책임이다! 나하고는 맞지도 않는 직책을 떠안으라고 꾀고 부추기며 성가시게 굴었잖은가! 결국 이렇게 되고 말았다. 이제 만족하나? 사정 이야기를 들으면 이번만큼은 내 지나친 이상주의가 매사를 그르친다는 소리를 못 할 것이다. 연대기를 쓰듯이 있는 그대로 상세히 적어보겠다.

C 백작이 나를 좋아하고 각별히 대한다는 점은 이미 말한 적이 있다. 네게도 이미 골백번 이야기했고. 어제 백작의 저택에서 점심을 먹었다. 저녁이 되자 생각지도 못한 귀한 분들이 오셨는데, 나는 우리 같은 하위직이 낄 자리가 아니라는 생각을 전혀 하지 못했어. 아무튼 백작의 저택에서 식사를 했으며, 식사를 마친 후에는 백작과 함께 커다란 홀을 이리저리 거닐며 대화를 나누고 있었다. 마침 B 대령이 끼어들어 그 사람과도 몇 마디 나누었다. 그렇게 연회 시간이 다가왔다. 맹세컨대 나는 아무 생각도 없었다. 그때 엄청나게 우아한 체를 하는 S 부인이 부군과 팔짱을 끼고 들어왔다. 납작한 가슴에다 앙증맞은 코르셋을 한 어린 딸도 함께였다. 그 사람들은 높은 귀족답게 거만한 눈빛과 콧대가 몸에 배어 있었어. 나는 워낙 이런 족속들을 역겨워하는지라 자리를 뜨기로 마음먹고 백작의 지루한 수다에서 풀려나기만 기다리고 있었지. 마침 그때 B양이 들어왔다. 나는 B양을 볼 때면 언제나 조금 설레기 때문에 그대로 남기로 하고 그녀가 앉은 의자 뒤로 가서 섰다. 그런데 평소와 달리 그녀가 솔직하지도 않고 어쩐지 난처해한다는 사실을 시간이 좀 지나서야 눈치 챘다. 나는 그제야 이 여자도 다른 사람들과 같은 부류라는 생각이 들었다. 나는 충격을 받아 그만 그 자리를 떠나고 싶었다. 하지만 B양의 그런 태도를 이해하고 싶었으며, 진심에서 나온 태도가 아닐 거라고 믿었기에 그녀가 호의적인 말을 한 마디라도 해주기 바라며 그

대로 있었다. 그러는 사이 다른 사람들이 당도했어. 프란츠
1세의 즉위 시절 옷차림을 한 F 남작과 귀가 먼 부인을 동반
한 궁정고문관 R 그리고 조잡한 옷차림의 J. 설명을 덧붙이
자면 J가 입고 온 옛 프랑켄식 예복은 헤진 부분을 요즘 유
행하는 천 조각으로 덧댄 것이었다. 이런 사람들이 홀 안을
채웠다. 나는 아는 사람 몇몇과 이야기를 나누었는데, 그날
따라 다들 말을 아꼈다. 나는 어찌할까 생각하다가 B양에
게만 집중하기로 했어. 그래서 나는 홀 끝에서 여자들이 귀
엣말로 소곤거리다가 남자들 사이에서도 귓속말이 한 바퀴
돈 다음 S 부인이 백작에게 그 말을 할 때까지 아무것도 모
르고 있었다(이런 사실은 B양이 나중에 말해줘서 알게 되었다). 마침
내 백작이 다가오더니 나를 창가로 데리고 갔다.

"알다시피 우리는 서로 통하는 사이지만, 자네가 여기 있
는 걸 사람들이 불편해하는군. 나는 그래도……."

나는 백작의 말을 끊고 말했다.

"백작님, 송구하기 짝이 없습니다. 미처 그 생각을 하지
못했습니다. 제 불찰을 용서해주십시오."

그러고는 허리를 굽혀 인사하면서 웃는 낯으로 이렇게
덧붙였다.

"사실 아까부터 가려고 했는데 그만 못된 정령에게 붙들
려 있었습니다."

그러자 백작이 내 손을 꼭 잡았다. 그 손을 통해 백작의
마음이 오롯이 전해졌다. 나는 이 점잖은 모임에서 빠져나

와 이륜마차를 탄 다음 M으로 가자고 했다. 그리고 그곳 언덕에서 일몰을 보며 호메로스의 멋진 시를 읽었다. 율리시스가 충직한 부하인 돼지치기의 대접을 받는 장면이었다. 일몰도, 시도 다 좋았다.

그날 저녁 D로 돌아와 식사를 하러 갔다. 식당에는 아직 몇 사람이 남아 있었는데, 한쪽 구석에서는 사람들이 식탁보의 귀퉁이를 접어올리고 주사위 놀이를 하고 있었어. 그때 아델린이 들어왔다. 모자를 내려놓은 그는 나를 보더니 다가와 조용히 말했다.

"기분 나쁜 일이 있었다며?"

"나한테 말인가?"

"백작이 연회에서 너를 내쫓았다면서."

"그 따위 연회가 뭐라고! 밖으로 나올 수 있어서 오히려 좋았는데."

"네가 대수롭지 않게 생각하니 다행이군. 벌써 소문이 쫙 퍼져 걱정이지만."

나는 그제야 속이 부글부글 끓기 시작했다. 식당에 들어오는 사람들이 다들 나를 쳐다본 이유가 그것 때문이었단 말인가! 피가 거꾸로 솟는 느낌이었지.

그리고 오늘까지도 가는 곳마다 안됐다는 소리를 들었다. 나를 시기하던 사람들은 쾌재를 불렀다. 잘난 척하더니 꼴좋다느니, 좀 안다고 우쭐해 아무 데서나 설쳐도 되는 줄 아는 모양이라느니 온갖 헛소리를 다 늘어놓았다. 나는 칼로 내 가슴을 찌르고 싶은 심정이다. 사람들이란 본래 제멋대로 떠들기 마련이라지만, 세상에 어떤 사람이 자신의 약점을 잡고 이러쿵저러쿵 떠드는 무뢰한을 보고도 참을 수 있겠는가? 별 뜻 없는 수다라면 모를까.

3월 16일

모든 것이 나를 몰아세우고 있다. 오늘 가로수 길에서 B양을 만났다. 얼마 전 그녀가 내게 보인 행동을 도저히 그냥 넘어갈 수 없어 말을 걸었다. 동행하며 사람들한테서 좀 떨어진 곳으로 오자 B양은 내 반응이 지나치다고 지적했다. 그녀는 진심이 담긴 목소리로 이렇게 말했다.

"베르터 씨. 제 마음을 알면서 어떻게 그런 오해를 하세요? 홀에 들어서는 순간 당신을 보고 얼마나 마음이 아팠는지 몰라요. 저는 사태가 어떻게 돌아갈지 충분히 짐작할 수 있었어요. 당신에게 전부 털어놓고 싶어 말이 혀끝에서 수없이 맴돌았죠. S 부인과 T 부인은 당신과 같은 자리에 있느니 남편들과 함께 돌아갈 게 뻔했고, 백작도 당신 때문에 분위기를 망칠 수도 없는 상황이었으니까요. 결국 그 일로 이러니저러니 말들이 떠돌더군요."

나는 아무것도 모르는 척 시치미를 떼고 "무슨 말씀인가요?" 하고 물었지만, 그 순간 어제 아델린이 한 말이 내 혈관 속을 뜨겁게 휘저었다. B양은 "그런 수모를 당하시다니!" 하고 눈물을 글썽였고, 나는 자제심을 잃고 그녀의 발아래 몸을 내던질 뻔했어. 내가 "자세히 말해봐요" 하고 말하자 그녀의 뺨에서는 눈물이 흘러내렸다. 나는 어찌할 바를 몰랐다. B양은 눈물을 감출 생각도 하지 않은 채 흐르는 눈물을 훔치면서 설명하기 시작했다.

"제 숙모님 아시죠? 숙모님도 그 자리에 계셨어요. 아, 그날 숙모님 눈빛이 어땠는지 아세요? 저는 어젯밤에도 그리고 오늘 아침에도 당신과 교제하는 문제로 잔소리를 들었어요. 숙모님이 당신을 무시하고 깎아내리는데도 저는 당신을 변변히 옹호할 수조차 없었어요."

B양의 말 한 마디 한 마디가 칼이 되어 내 심장을 후볐다. 차라리 듣지 않는 편이 더 좋았으련만 그녀는 그런 생각을 하지 못하는 것 같았다. 심지어 사람들이 뭐라고 수군거리는지, 어떤 인간들이 쾌재를 부르는지 덧붙이기까지 했다. 내가 오만불손하게 굴며 다른 사람을 무시하더니 벌을 받았다고 키득거리며 고소해했다는 말까지 전해주었어. 빌헬름, B양이 그런 말을 하며 진심으로 나를 동정하는 모습을 보고 나는 완전히 무너지고 말았다. 아직도 분노가 가시지 않는다. 내 눈앞에서 그렇게 비난하는 사람을 보았다면 그자의 몸에 칼을 박았을 거다. 피를 보면 분노가 좀 가라앉을 테니까. 벌써 여러 번 칼을 집어 들고 이 답답한 가슴에 숨구멍을 뚫으려고 했다. 혈통이 좋은 말은 사지로 내몰려 극도로 흥분했을 때 본능적으로 혈관을 물어 피를 낸다는 말을 들은 적이 있다. 그러면 호흡이 편해지니까. 나 또한 혈

관을 열고 영원한 자유를 얻고 싶을 때가 한두 번이 아니다.

3월 24일

궁정에 사직원을 냈다. 아마 수리되겠지. 먼저 너희에게 허락을 구하지 않은 것은 용서하기 바란다. 더는 견딜 수가 없었다. 무슨 말로 나를 말릴지 다 알고 있다. 그러니 내 어머니께 좋은 말로 앞뒤 사정을 전해주기 바란다. 나는 내 앞가림도 못하는 놈이니, 어머니께 힘이 되어드리지 못한다고 해도 어쩔 수 없는 노릇이다. 어머니도 그리 생각하실 거다. 그래도 상심은 하시겠지. 추밀고문관이나 공사 자리를 향해 잘 달려가던 아들이 갑자기 말머리를 돌려 마구간으로 돌아온다니 말이야. 너희가 알아서 잘 말씀드리기 바란다. 이랬으면 혹은 저랬으면 베르터가 그만두지 않았으리라는 말도 곁들여서 말이다. 아무튼 나는 떠날 생각이다. 궁금해할 것 같아 어디로 가는지 알려주겠다. ○○후작이라는 분이 있는데, 그분은 나와 함께 있는 것을 꽤 좋아하신다. 그분이 내 결심을 듣고 자신의 영지로 가자고 제안했다. 그곳에서 아름다운 봄을 즐기자면서 말이다. 내가 무엇을 하든 신경 쓰지 않고 내버려두겠다는 약속도 했다. 우리는 서로 얼추 통하는 사이여서 앞일은 운에 맡기고 일단 그분과 함께 가기로 결정했다.

4월 19일

편지 두 통은 잘 받았다. 그간 궁정에서 내 사직원이 수리될 때까지 기다리느라 답장을 하지 않았다. 결정이 나기 전에 어머니가 대신을 찾아가 유임을 부탁하시기라도 하면 일이 복잡해질 테니까. 드디어 결정이 났고, 이제 나는 사직한 몸이다. 사람들이 내 사직을 얼마나 아쉬워했는지 그리고 대신께서 내게 보낸 편지에 뭐라고 쓰셨는지는 말하고 싶지 않다. 너희가 새삼 애통하게 생각할 테니. 왕세자께서 이별 선물로 25두카텐을 보내셨다. 왕세자께서 하신 말씀을 전해 듣고 나는 감동의 눈물을 흘리지 않을 수 없었어. 지난번에 어머니께 요청한 돈은 이제 필요 없게 되었다.

5월 5일

내일 이곳을 떠난다. 내가 태어난 고향이 10킬로미터 정도밖에 떨어져 있지 않아 그곳에도 들러 행복한 꿈을 꾸던 옛날을 회상해볼 생각이다. 어머니가 나를 데리고 나왔던 그 성문으로 다시 들어가겠지. 아버지가 돌아가시자 어머니는 정든 그 마을을 떠났고, 지금은 끔찍한 도시에 처박혀 사신다. 잘 있어, 빌헬름. 소식 전할게.

순례자와도 같은 경건한 마음으로 고향 순례를 마쳤다. 예상치 못한 감회가 밀려왔다. 시의 초입에서 S 방향으로 십오 분 정도 걸리는 거리에 커다란 보리수 한 그루가 서 있다. 나는 그 앞에서 마차를 세우게 한 뒤 마차는 먼저 보냈어. 나는 천천히 걸으면서 새로운 기분으로 추억을 하나하나 생생하게 느끼고 음미할 생각이었지. 어릴 적 내 산책의 목표 지점이자 경계 표지였던 그 보리수 아래 다시 서니 어찌나 감회가 새롭던지! 천진했던 그 시절에 나는 미지의 세계를 동경했다. 그곳에는 내 마음을 위한 양식과 즐거움이 가득할 것 같았고, 희망에 벅차 설레는 가슴을 한껏 채워 진정시킬 수 있으리라 믿었다. 이제 나는 그 세상에서 돌아왔다. 얼마나 많은 희망이 허무하게 사라졌고, 얼마나 많은 계획이 산산조각 났던가! 내 수많은 소망이 향하던 그 산이 지금 내 앞에 서 있다. 나는 몇 시간씩 이곳에 앉아 산 너머 세상을 동경했다. 내 눈앞에 부드럽게 아른거리는 숲과 골짜기를 보면서 그 속에 파묻히고 싶은 갈망도 마음속에 품었다. 그만 놀고 돌아가야 할 시간이 되어서도 이 정겨운 장소를 떠나기가 얼마나 싫었던지! 나는 시내 쪽으로 걸음을 옮겼다. 옛날에 보았던 정원 별채가 나타날 때마다 인사를 건넸다. 하지만 새로 지은 건물을 볼 때는 거부감이 들었어. 사람들이 바꿔놓은 것은 무엇이든 다 그랬다. 성문 안으로 들어서자 나는 예전의 나로 돌아가 있었다. 세세한 이야기는 안 하는 편이 좋겠다. 설명을 하면 이 멋진 기분이 너무 단조로워질 테니까. 나는 장터에 있는 우리 옛집 바로 옆에 숙소를 정했다. 가는 길에 보니 내가 다니던 학교는 잡화점이 되어 있었어. 올곧은 할머니 선생님이 우리의 어린 시절을 가둬두었던 곳이다. 그 골방 같은 교실에서 불안감과 두려움을 안고 울음이 터지려는 순간과 정신이 혼미해지는 순간을 참고 견뎠던 기억이 난다. 성지를 찾은 순례자도 이토록 많은 곳에서 종교에 얽힌 추억을 떠올리지 못할 것이고, 영혼을 신성한 활력으로 가득 채우지도 못할 것이다.

추억이 많아 이야기하자면 한이 없을 것 같아서 한 가지만 이야기하겠다. 나는 강을 따라 내려가다 어느 농가에 당도했다. 그 길도 내가 늘 다니던 길이었고, 그곳에서 친구들과 납작한 돌멩이를 던지며 물수제비뜨기를 연습하곤 했지. 그 시절 강물을 바라보고 서 있던 내 모습이 생생하게 떠올랐다. 흘러가는 강물을 바라보며 얼마나 멋진 예감에 휩싸였는지! 물길을 따라가는 길이 무척이나 진기한 모험처럼 느껴졌고, 강물이 어디로 흘러가는지 상상해보곤 했다. 그러다 보면 내 상상력은 금세 한계에 부딪혔다. 그래도 강물을 따라 멀리멀리 흘러가며 저 보이지 않는 먼 곳을 응시하다가 내 상상 속 그림은 결국 혼란스러워지고 말았어. 빌헬름, 훌륭한 우리 선조들은 매우 한정된 곳에 살면서도 행복했던 것 같다. 그분들이 느낀 감정과 그 시대에 읊은 시는 참으로 순수했지. 율리시스가 끝 모를 바다와 한없이 넓은 땅이라고 한 말은 맞는 말이었다. 인간으로서 느낀 그 대로였을 뿐 아니라 솔직하고 피부에 와 닿고 신비로웠다. 지금 내가 어린 학생들과 같이 지구가 둥글다고 배운 대로 말해봤자 무슨 의미가 있겠는가? 살아서는 작은 땅덩이만 있으면 되고, 죽어서는 그만큼도 필요하지 않을 것이다.

지금 나는 후작의 수렵 별장에 와 있다. 아직은 후작과 함께 지내는 것이 나쁘지 않다. 후작은 진실하고 단순한 분이다. 그런데 그분 주위에는 내가 도무지 이해할 수 없는 이상한 사람들이 있다. 나쁜 사람 같지는 않지만 진실한 사람처럼 보이지도 않는다. 가끔은 진실해 보이기도 하는데, 그래도 믿지는 못하겠다. 후작은 들었거나 읽은 것을 말할 때 다른 사람이 제시한 관점을 그대로 수용하는 편인데, 그럴 때는 좀 안타깝다.

그뿐만이 아니다. 그분은 내 재능과 지식을 내 감성보다 높이 평가하는 것 같아. 감성은 내 유일한 자랑거리이며 모든 것이 거기서 비롯되었다. 그리고 감성이야말로 모든 재능과 행복 그리고 불행의 원천이다. 내가 아는 것은 누구나 알 수 있지만 내 감성은 오로지 나만의 것이거늘.

5월 25일

염두에 둔 계획이 있었다. 실행에 옮기기 전에는 너희에게 말하지 않으려 했는데, 이제 무산되었으니 상관없게 되었다. 나는 전장으로 갈 계획이었다. 오래전부터 생각해온

일이지. 내가 후작을 따라 이곳에 온 이유도 실은 그 때문이다. 후작은 ○○에서 장군으로 복무하고 있다. 산책 도중 후작에게 내 계획을 털어놓았는데 그분은 참전을 말렸다. 후작이 그 이유가 뭔지 말해주었지만 나는 흘려들었다. 못 가게 될까 봐 걱정되어서가 아니라 참전하고 싶은 열망이 컸기 때문이지.

6월 11일

네가 뭐라고 하든 나는 여기 더 머물러 있을 수가 없다. 여기서 뭘 하겠는가? 갈수록 시간이 더디 흐른다. 후작은 적극적으로 붙잡지만 나는 마음이 편치 않다. 사실 우리는 공통점이 하나도 없다. 후작은 지성을 갖추었지만 그저 일반적인 수준에 불과해 그 사람과 대화하느니 좋은 책을 읽는 편이 낫다는 생각이다. 일주일만 더 있다가 정처 없이 떠날 생각이다. 이곳에서 가장 좋았던 일은 내가 그림을 그렸다는 것이다. 후작은 미술에 대한 감각이 있는 사람이다. 그런데 역겨운 학문적 이론과 흔히들 사용하는 전문 용어에 얽매이느라 그 감각을 제대로 발휘하지 못하지. 내가 기분 좋게 상상하며 자연과 예술을 이야기하면 그는 판에 박힌 전문 용어를 들고 나온다. 후작은 그런 용어로 문제를 단번에 정리할 수 있다고 생각하는 것 같았다. 그런데 어느 때는 이가 갈고 싶어진다.

6월 16일

그렇다. 나는 세상을 순례하는 방랑자일 뿐이다. 그러나 너희라고 해서 과연 그 이상의 존재가 될 수 있을까?

6월 18일

어디로 갈 거냐고? 너에게만 밝히겠다. 일단 이 주 동안은 여기 더 있을 생각이다. 그 후에는 ○○ 광산에 가보려고 마음 먹고 있는데, 사실 광산은 아무런 의미도 없다. 로테가 있는 곳에 조금이나마 가까이 가고 싶을 뿐이다. 오직 그뿐이다. 내 마음을 비웃으면서도 마음이 시키는 대로 따르고 있다.

7월 29일

아니! 됐다! 이대로 다 좋다! 내가 그녀의 남편이라면! 나를 창조하신 하느님, 내게 이런 축복을 내리셨다면 평생을 기도하며 살았을 겁니다! 따지려는 것이 아닙니다. 이 눈물을, 이 헛된 소망을 용서하소서! 그녀가 내 아내라면! 세상에서 가장 사랑스러운 여인을 내 품에 꼭 끌어안을 수 있다면…….

빌헬름, 알베르트가 로테의 가녀린 몸을 껴안는다고 상상하면 나는 온몸에 경련이 이는 것 같다.

이런 말을 해도 될까? 안 될 이유가 없겠지! 로테가 나와 결혼했더라면 지금보다 더 행복했을 것이다. 알베르트는 로테의 마음을 완전히 흡족하게 해주지는 못할 사람이기 때문이다. 그는 감수성에 결함이 있어. 결함이라는 단어를 어떻게 해석할지는 네 자유겠지만, 책을 읽다 보면 가슴이 뛰는 부분이 있다. 로테와 나는 그 부분이 정확히 일치하는데, 알베르트는 공감하지 않는다. 어떤 사람의 행동을 보면서 우리 두 사람의 입에서 똑같은 말이 튀어나온 적이 수없이 많다. 그래도 알베르트는 온 마음을 다해 로테를 사랑하고 있어. 그런 사랑이라면 이런 보답을 받아 마땅하겠지.

귀찮은 손님이 찾아와서 이만 줄여야겠다. 내 눈물은 말라버렸고, 정신도 산만해졌다. 잘 있어, 친구!

8월 4일

나만 힘든 것은 아니다. 사람은 누구나 희망에 속고 기대에 배신당하는 것 같다. 보리수 아래 사는 착한 아주머니를 찾아갔다. 큰아들이 뛰어나와 나를 반겼다. 녀석이 환호하는 소리에 아이 어머니도 쫓아 나왔다. 그녀는 풀이 죽은 초췌한 모습이었다. 그 여인의 첫마디는 "도련님, 우리 한스가 죽었어요"였다. 한스는 그녀의 막내아들이다. 나는 아무 말도 할 수 없었다. 그녀가 말을 이었다.

"남편도 스위스에서 돌아오긴 했지만 결국 빈손으로 왔어요. 좋은 분들이 도와주지 않았다면 구걸하고 다녔을 거래요. 그이는 오는 길에 열병까지 걸렸다는군요."

나는 말없이 아이에게 돈 몇 푼을 쥐여주었고, 아이 어머니는 내게 사과 몇 개를 주었다. 나는 사과를 손에 쥔 채 슬픈 추억의 장소를 떠났다.

8월 21일

손바닥을 뒤집듯 내 마음은 수시로 바뀐다. 때때로 반가운 서광이 비치는 것 같다가도 잠깐 그러고 만다. 몽상에 잠길 때면 이런 생각까지도 한다. 만약 알베르트가 죽는다면? 그럼 내가! 그래, 로테는……. 나는 머릿속의 악마가 이끄는 대로 달려가다가 깊은 낭떠러지 앞에 이르러서야 뒤로 물러선다.

성문으로 향하는 길은 내가 처음으로 로테를 무도회에 데리고 갔던 길이다. 그새 그 길도 완전히 변한 듯하다. 모든 것이 흘러가버렸어! 지난날의 흔적은 자취도 없고, 심장을 뛰게 했던 감동도 느낄 수가 없구나. 옛날, 이름을 날리던 영주가 성을 쌓고 온갖 귀한 물건으로 그곳을 화려하게 꾸몄다. 영주는 죽기 전에 그 성을 아들에게 물려주며 희망을 걸었다. 그런데 망령이 되어 돌아와 보니 성은 불타고 폐허만 남은 것이다. 그 망령의 심정이 이러지 않았을까 싶다.

9월 3일

가끔은 이해할 수가 없어. 내가 이토록 절절하게, 이토록 온전하게 오직 로테만을 사랑하는데, 그녀는 어떻게 다른 사람을 사랑할 수 있는지? 어떻게 그럴 수 있는 건지? 나는 로테밖에 모르는데, 로테밖에 없는데!

그래, 그런 것이다. 계절이 가을로 바뀌듯 내 마음과 내 주변도 가을로 접어들고 있다. 정원의 나뭇잎은 노랗게 물이 들었다. 이웃집 나무는 벌써 낙엽이 지고 있다. 내가 이곳에 오자마자 어떤 농군 이야기를 한 적이 있을 거다. 이번에 다시 발하임에 갔을 때 그 친구의 근황을 알아보았다. 사람들 말로는 그가 일하던 집에서 쫓겨났고, 그 후 어떻게 되었는지 아무도 모른다고 했다. 어제 다른 마을로 가는 길에 그 농군을 만났다. 내가 말을 걸자 그는 자신의 이야기를 들려주었어. 나는 그 이야기를 듣고 두 배, 세 배로 감동을 받았다. 그 이야기를 들으면 너도 쉽게 공감할 거다. 그런데 그 이야기를 왜 너한테 해야 하지? 나는 왜 내 두려움과 고통을 나 혼자 간직하지 못하는 걸까? 왜 너까지 우울하게 만드는 건지? 나는 왜 항상 네가 나 때문에 안타까워하고, 나를 꾸짖을 빌미를 주는지 모르겠다. 아마 어쩔 수 없는 일이겠지. 그것도 내 운명일 테니 말이다.

그 농군은 내 첫 질문에 조금은 수줍어하면서 조용하고 슬픈 어조로 대답했다. 하지만 곧 나와 자신이 어떤 사이인지 깨달은 듯 솔직하게 자신이 저지른 잘못을 고백하고 자신의 불행에 한숨을 지었어. 그 젊은이가 한 말을 한 마디

한 마디 네게 전할 수 있으면 좋으련만 그게 무슨 의미가 있겠는가. 고백하는 동안 그는 옛 추억을 떠올리며 행복에 젖은 듯했다. 여자 주인을 향한 그의 열망이 나날이 커져 그는 마침내 정신을 못 차릴 지경에 이르렀는데, 그의 표현대로 하자면 머리를 어디에 두고 누워야 할지조차 몰랐다고 한다. 먹지도 마실 수도 없었고, 잠도 잘 수 없었으며, 목구멍이 꽉 막힌 듯 답답했다고 말했어. 하지 말라는 일은 하고, 하라는 일은 잊어버리는 등 마치 악령에게 홀린 느낌마저 들었다고 한다. 그러던 어느 날 그는 여주인이 위층 어느 방으로 들어가는 모습을 보고 그 뒤를 따라 올라갔다. 아니, 그녀에게 이끌려갔다. 그리고 그녀가 자신의 청을 들어주지 않자 힘으로 그녀를 제압하려 했는데, 자신이 어떻게 그런 짓을 했는지 모르겠다고 했다. 하지만 그녀에 대한 자신의 의도가 언제나 순수했다는 사실을 하느님이 증명해주실 거라고 했어. 자신은 그 무엇보다 그녀가 자기와 결혼해 평생 함께 보내기를 간절히 원했다는 사실을 말이야. 그 농군은 한참 이야기를 하다 갑자기 머뭇거리기 시작했다. 마치 아직 할 말이 남았는데 입 밖에 낼 용기가 나지 않는 사람처럼 보였다. 그러다 수줍은 듯 그녀가 자신의 가벼운 애정 표시를 받아주었고, 그녀 옆으로 가까이 가도 되는 크나큰 즐거움도 허락해주었다고 고백했다. 그는 두세 번 말을 멈춰가며 자신이 이런 말을 하는 이유는 그 여자를 헐뜯기 위해서가 아니라고 몇 차례 힘주어 강조했어. 그의 말을 빌리자면 그는 여전히 그녀를 사랑하고 소중히 여겨서 여태 그 말을 입에 담은 적이 없었는데, 단지 내가 그를 머리가 돌았거나 정신 나간 놈으로 오해할까 봐 이야기하는 거라고 했다.

빌헬름, 여기서 나는 내가 오래전부터 불러왔고, 앞으로도 영원히 부르게 될 노래를 다시 불러야겠다. 그 젊은이가 내 앞에 서 있던 모습을 네게 그대로 전달할 수 있다면 얼마나 좋을까? 아직 내 앞에 서 있는 것처럼 묘사할 수 있다면! 내가 그 젊은이의 운명에 얼마나 공감하는지, 왜 공감할 수밖에 없는지 네가 느낄 수 있도록 모든 것을 제대로 이야기할 수만 있다면 좋을 텐데! 하지만 괜찮다. 너는 나를 알고 내 운명 또한 알고 있으니까. 그러니 내가 왜 항상 불행한 사람에게 이끌리는지, 특히 왜 이 불행한 사내에게 이끌리는지 너도 잘 알 것이다.

편지를 다시 한 번 읽어보니 이야기가 어떻게 끝났는지 말하는 걸 잊어버렸다는 걸 알았다. 쉽게 짐작할 수 있는 결말이지만, 여주인은 그 농군을 내쫓았다. 여기에는 그녀의 오빠가 개입했는데, 그는 그 머슴을 오래전부터 미워해 집에서 쫓아내고 싶어 했다고 한다. 여동생이 재혼이라도 하면 자기 자식들에게 돌아갈 유산을 못 받게 될 테니까. 여주인에게는 자식이 없기 때문에 그녀의 유산이 자기 아이들에게 돌아갈 거라는 기대가 컸을 것이다. 그녀의 오빠는 농군을 즉각 내쫓고 크게 소문을 내어 그녀가 설령 원한다고 하더라도 다시는 그를 채용하지 못하도록 했다. 지금은 다른 사람을 들였는데, 그 사람을 두고도 두 남매 사이가 틀어졌다는 소문을 들었다. 사람들은 여주인이 분명 새 머슴과 결혼할 거라고 주장하지만, 그녀의 오빠는 그런 일이 일어나도록 절대 가만있지 않겠다고 엄포를 놓았다고 한다.

나는 이 이야기를 과장하지도 꾸미지도 않았다. 오히려 순화했다. 게다가 우리가 물려받은 점잖은 말로 표현하느라 이야기가 상당히 뭉뚱그려졌다.

이 같은 애정, 이 같은 정절, 이 같은 열망은 문학적 허구가 아니다. 그 사랑은 살아 있어! 우리가 교양 없는 사람, 무지한 사람이라고 일컫는 사람들 사이에서 지고지순한 모습을 간직한 채 흐르고 있지. 하지만 이른바 배웠다는 우리는 아무것도 하지 못하는 사람이 된 거다. 부탁인데, 이 이야기를 경건한 마음으로 읽어주기 바란다. 오늘은 이 이야기를 쓰느라 마음이 평온하다. 내 필적을 보면 너도 눈치 챘을 것이다. 평소처럼 서두르거나 덜렁댄 흔적이 없으니까. 빌헬름, 이 편지를 읽으면서 이 이야기는 네 친구의 이야기이기도 하다는 점을 생각해주기 바란다. 나도 그런 일을 겪었어. 지금 내 처지도 그 농군의 처지와 같다. 그런데 나는 이 가련한 남자의 절반만큼도 용기가 없고 단호하지도 못하다. 나를 그와 비교할 엄두조차 나지 않는다.

9월 5일

로테가 시골로 출장 간 남편에게 짤막한 편지를 썼다. 그 편지는 이렇게 시작한다.

'세상에서 가장 사랑하는 알베르트, 빨리 돌아오세요. 한 없는 기대에 부풀어 당신을 기다리고 있습니다.'

그때 마침 한 친구가 찾아와 알베르트에게 사정이 생겨 금방 돌아오지 못한다는 소식을 전했다. 로테는 편지를 그 대로 두었고, 저녁에 내가 보게 되었다. 나는 그 편지를 읽으며 미소 지었다. 로테가 왜 웃느냐고 묻자 나는 이렇게 외쳤다.

"상상력은 진정 신이 주신 선물이에요. 잠시 이 편지를 내게 쓴 것이라고 상상해봤습니다."

로테는 그만 입을 다물고 말았다. 내 말이 그녀를 불편하게 한 것 같았다. 그래서 나도 입을 다물었다.

9월 6일

푸른색 연미복이 너무 해져서 그만 버리기로 했다. 이 결심을 하기까지 쉽지 않았어. 처음으로 로테와 춤을 추었을 때 입었던 옷이었기 때문이다. 그래서 깃과 소맷부리까지 예전에 입던 것과 똑같게 해서 한 벌 더 맞췄는데, 노란색 조끼와 바지도 함께 주문했다.

그럼에도 예전과 똑같은 느낌이 들지 않는다. 왜 그런지 모르겠다. 입다 보면 이 옷에도 정이 들겠지.

로테는 알베르트를 마중하느라 며칠간 집을 비웠다. 오늘 로테의 집으로 들어서자 그녀가 다가오며 나를 맞이했다. 나는 매우 기뻐하며 그녀의 손에 입맞춤을 했다.

카나리아 한 마리가 거울에서 날아와 로테의 어깨에 앉았다. 로테는 "새 친구예요"라고 말하면서 새를 유인해 자신의 손에 내려앉게 했다. 그녀가 말했다.

"동생들을 위해 데려왔어요. 아주 귀여운 짓을 한답니다. 이것 보세요. 빵을 주면 날개를 퍼덕이다 얌전히 쪼아 먹어요. 입맞춤도 해요. 보세요!"

로테가 입을 내밀자 새는 그 달콤한 입술에 자신의 부리를 지극히 사랑스럽게 갖다 댔다. 마치 그 행복을 느끼고 즐기는 것 같았다.

로테가 "당신한테도 입맞춤을 할 기회를 줘야죠?"라고 말하며 새를 내게 넘겨주었다. 앙증맞은 부리가 로테의 입에서 내 입으로 옮겨와 닿을 때 그 감촉이 마치 숨결과도 같아 사랑으로 충만한 쾌락의 전조처럼 느껴졌다.

"녀석의 입맞춤이 순수하지만은 않은 것 같은데요. 모이를 찾다가 허무한 애무에 실망하고 돌아가네요."

그러자 로테가 "제 입에는 모이도 있거든요"라고 말한 뒤 빵부스러기를 입술에 묻혀 새에게 쪼아 먹게 했다. 그녀의 입술은 순수한 사랑을 허락하는 순간의 환희로 밝게 웃고 있었어.

나는 얼굴을 돌렸다. 그녀는 그러지 말았어야 했다! 순수하기 이를 데 없는 그토록 행복한 모습으로 내 상상력을 자극하면 어쩌란 말인가. 삶의 의욕을 잃어가는 내 감성을 잠에서 깨우지 말았어야 했다! 아니지. 그러면 좀 어떤가? 로테는 나를 믿고 있는데. 내가 얼마나 사랑하는지 잘 알고 있는데!

9월 15일

빌헬름, 폭발할 것 같다! 이 세상에 몇 안 되는 소중한 것의 가치를 알지도, 느끼지도 못하는 사람 때문에 돌 것 같다. 너도 성(聖) 목사관 정원에 있던 호두나무를 기억할 테지? 그늘 아래에 로테와 함께 앉았던, 언제나 내 마음을 크나큰 즐거움으로 채워주었던 그 멋진 호두나무! 목사관 정원을 아늑하게 만들어주고, 아름다운 가지로 시원한 그늘을 드리워주며, 오래전 그 나무를 심은 훌륭하신 성직자들을 기억하게 해주던 그 나무 말이야. 학교 선생님은 그 성직자들 가운데 한 분의 이름을 자주 언급하셨다. 선생님도 당신의 할아버지께 들어서 아는 이름이었을 테지. 나는 그 호두나무 아래서 언제나 경건한 마음으로 그분을 기리는 시간을 보냈다. 그런데 누군가 그 나무를 베었다! 어제 우리가 그 이야기를 할 때 선생님은 눈물을 글썽이기까지 했다. 그 나무를 베다니…… 미칠 것 같다! 그 나무에 처음 도끼를 찍은 사람을 죽여버리고 싶다. 내 집 정원에 있는 나무가 고령으로 죽는다고 해도 나는 아주 슬퍼했을 거다. 그런 내가 호두나무가 잘려 넘어가는 것을 보고 있을 수밖에 없었으니! 그나마 위로가 될 만한 일 한 가지가 있었어. 인지상정이라는 것, 온 마을 사람들이 그 일로 불평을 하기 시작했다는 것이다. 목사 부인은 버터와 달걀이 적게 들어오고 신뢰도 줄어드는 것을 보면서 자신이 마을에 어떤 상처를 입혔는지 알게 될 거다. 그래, 그 여자가 장본인이다. 신임 목사의 부인이다(우리의 늙은 목사는 돌아가셨다). 그녀는 비쩍 마르고 골골한 데다 모두가 자신을 거들떠도 안 보니 세상에 대한 관심을 갖지 않을 이유가 많았을 것이다. 그녀는 배운 체하는 바보 주제에 성서 연구에 끼어들곤 한다. 최근 기독교의 윤리적, 비판적 개혁 경향을 꽤 공부한 모양이지만, 라바터의 광신적 견해에 관해서는 어깨를 들썩할 뿐이다. 게다가 몸이 좋지 않으니 신이 창조하신 땅에서도 아무런 기쁨을 못 느낀다. 이런 위인이니 내 호두나무를 베고도 남았을 테지! 빌헬름, 나는 냉정을 되찾을 수가 없다. 세상에나, 낙엽이 떨어져 정원이 지저분해지고 습기가 차며 나무가 햇빛을 가린다는 게 그 이유였다. 또한 호두가 익으면 아이들이 나무에 돌을 던지는 소리가 신경 쓰여서 케니콧(B. Kennikot, 18세기의 영국 신학자—옮긴이)과 세믈러(J. S. Semler, 18세기의 독일 계몽주의 신학자—옮긴이)와 미하엘리스(J. D. Michaelis, 18세기의 독일 동양어학자—옮긴이)를 비교 분석할 때 집중하지 못하게 한다는 게 이유였다. 나는 마을 사람들, 그중에서도 노인들이 특히 못마땅해하기에 왜 보고만 있었느냐고 물었어. 그러자 그들한테서 "촌장도 하겠다는데 우리가 어쩌겠소?"라는 대답이 돌아왔지. 한 가지 통쾌한 일도 있었다. 목사는 그러잖아도 마누라의 변덕과 심술 때문에 제대로 된 수프를 얻어먹지 못해 불만이었던 차에 촌장과 짜고 나무 판 돈을 둘이서 나눠 갖기로 했다는 것이다. 하지만 그 사실을 세무서에서 알게 되었다. 세무서에서는 목사관의 나무가 서 있던 땅은 오래전부터 세무서 소유라는 사실을 상기시키고 값을 가장 많이 쳐주는 사람에게 나무를 팔았다. 그 나무는 지금 쓰러져 있다. 아! 내가 영주였다면 그 목사 부인과 촌장과 세무서를 전부……. 아니다. 내가 영주였다면 내 땅에서 자라는 나무 따위에 관심이나 있었을라고.

10월 10일

나는 로테의 검은 눈동자를 보기만 해도 기분이 좋다. 그런데 만약 알베르트가 아니라 내가……. 그럴 때 내가 얼마나 행복할지 상상되는 만큼 지금의 알베르트가 그 정도로 행복해 보이지 않아 마음이 언짢다. 말없음표 쓰기를 좋아하지 않지만 달리 표현할 방법이 없다. 이 정도는 충분히 이해하겠지.

내 마음속에서 오시안이 호메로스를 밀어냈다. 어떻게 이런 세상을 내게 보여주는가! 폭풍이 휘몰아치는 황야를 지나면 안개에 싸여 희미한 달빛이 선조들의 혼령을 비춘다. 계곡물이 요동치며 흐르는 숲 속의 동굴 안에서는 혼령들의 신음이 아련히 흩어진다. 이끼로 덮이고 잡초가 무성한 돌무덤 가에서 애인의 죽음을 애통해하며 목 놓아 우는 여인. 선조들의 자취를 찾아 광막한 황야를 헤매는 백발의 음유시인 오시안. 아! 그가 찾은 것은 선조들의 묘비뿐이다. 시인은 정겨운 저녁별을 하염없이 바라보건만, 별은 성난 파도가 일렁이는 바닷속으로 숨어든다. 가벼운 전운(戰雲)에도 전의를 불태웠던 용사들이 달빛 아래 꽃배를 타고 개선하던 지난날이 되살아날 때 오시안의 이마에는 시름이 깊어진다. 홀로 남은 영웅의 지친 몸뚱이가 비틀거리며 무덤 위로 쓰러지니, 떠나간 사람들의 혼령이 눈앞에 어린다. 반가움에 가슴 저린 기쁨이 솟는다. 영웅은 차가운 땅바닥 무성한 수풀을 향해 외친다.

"방랑자가 오리라. 젊은 시절의 나를 알고 있는 방랑자가 오리라. 와서 물으리라. '음유시인은 어디 있는가? 핑갈(Fingal, 전설 속의 왕이자 오시안의 아버지—옮긴이)의 훌륭한 아들은 어디 있는가?' 방랑자는 내 무덤을 밟고 지나가며, 헛되이 지상에서 나를 찾을 것이다."

아! 빌헬름, 나는 오시안의 충직한 무사처럼 칼을 뽑아 서서히 죽어가는 영주 오시안을 단말마의 고통에서 벗어나게 해주고 싶다. 그리고 나 또한 그의 뒤를 따르고 싶어.

10월 19일

여기 내 가슴에 커다란 구멍이 뚫려 있다. 아! 이 공허감을 어찌한단 말인가? 한 번, 단 한 번만이라도 로테를 안을 수 있다면 구멍 난 이 가슴이 채워질 텐데!

10월 26일

빌헬름, 이제 분명히 알겠다. 시간이 갈수록 점점 더 분명히 알겠어. 인간의 존재 가치가 별것 아니라는 사실을 말이야. 로테의 친구가 찾아왔기에 나는 옆방으로 자리를 옮겼다. 책을 들었지만 읽히지 않아 뭔가 써보려고 펜을 들었다. 그런데 두 사람이 조용히 이야기하는 소리가 들렸어. 별 의미 없는 잡담이었지. 로테의 친구가 "그 여자는 마른기침을 한대. 얼굴은 뼈만 남았는데 의식을 잃기도 한다니 가망이 없어 보여"라고 말했다. 그러자 로테가 "○○ 씨도 병이 깊다던데"라고 받았다. 이말에 친구는 "이미 몸이 퉁퉁 부었대"라고 말했다. 나는 곧 상상의 날개를 펴고 이 가엾은 병자들에게 날아갔다. 이들은 생명을 놓지 않으려고 마지막 순간까지 몸부림치고 있었다. 로테와 친구는 모르는 사람에 대해 흔히 그러듯 무심하게 그들의 죽음을 이야기했어. 나는 내 주위를 둘러보았다. 방에 있는 사물에 새삼

스레 눈이 갔다. 로테의 옷가지와 알베르트의 서류 그리고 이제는 익숙해진 가구, 심지어 잉크병까지 훑어보았다. 그런 뒤 마음속으로 이렇게 말했다. '네가 이 집에서 어떤 존재인지 알겠지? 대단히 소중한 존재야. 이 집 사람들은 너를 가족처럼 아긴다. 네가 있어 그들은 즐거워하고, 너 또한 그들 없이는 못 살 것 같잖아. 하지만 네가 죽었을 때, 이들과 함께 만든 울타리에서 네가 빠지고 없을 때 그들은 네 빈자리를 느낄까? 네 죽음이 그들의 운명에 던진 공허감을 과연 그들이 느낄까? 느낀다면 그건 얼마나 오래갈까?' 인간은 원래 사랑하는 사람들의 기억 속에 있을 때, 그들의 마음속에 살아 있을 때 진정으로 살아 있는 거다. 오로지 거기서만 자신의 존재를 확인할 수 있지. 하지만 그곳에서조차 지워지고 사라지는 것이 인간이다. 눈 깜짝할 사이에 말이야. 인간은 이토록 허무한 존재다.

10월 27일

인간이 서로에게 그토록 무의미한 존재라는 생각을 하면 내 가슴을 쥐어뜯고 내 머리를 박아버리고 싶다. 사랑, 기쁨, 온정, 환희. 내가 다른 사람에게 주지 않으면 나 또한 그들에게 받을 수 없어. 내 가슴이 온통 행복으로 물들더라도 맥없이 무심한 사람을 즐겁게 해주지는 못한다.

가진 것이 이토록 많지만, 그녀를 향한 내 마음이 모든 것을 삼켜버린다. 가진 것이 이토록 많지만, 그녀를 잃으면 아무것도 남는 게 없다.

10월 30일

그녀의 목을 끌어안을 뻔했던 순간이 얼마나 많았던가. 그토록 사랑스러운 여인이 내 눈앞에서 어른거리지만, 나는 그녀를 만질 수가 없다. 내가 그 순간을 얼마나 힘들게 참는지 하느님만은 아실 것이다. 만진다는 행위는 인간의 가장 자연스러운 충동이다. 아이들은 눈에 띄는 것이면 무엇이든 만지는데, 나는 왜?

11월 3일

아! 다시는 눈을 뜨지 않기 바라며 잠자리에 든 밤이 몇 번이던가. 아침에 또다시 눈을 뜨고 해를 보며 나는 또 얼마나 비참했던가. 날씨 탓을 할까? 어떤 사람 때문이라고 할까? 아니면 일이 잘 풀리지 않아서 그렇다고 핑계를 댈까? 그렇게라도 할 수 있다면 나를 짓누르는 이 비참한 기분이 조금은 덜할 것도 같다. 하지만 나는 이 모든 것이 오로지 내 탓이라고 생각한다. 지나칠 정도로 말이야. 그래도 한때 모든 행복이 그러했듯이 모든 불행이 내 마음에서 비롯한다는 것은 분명한 사실이다. 나는 그때나 지금이나 같은 사람이 아닌가? 그 시절에는 감정의 소용돌이 속에서 둥둥 떠다녔고, 내딛는 걸음마다 낙원이 따라다녔다. 그때는 이 가슴에 온 세상을 품을 수 있을 것 같았지만, 이제 그 가슴은 죽어버리고 말았다. 지금 내 가슴에서는 어떤 기쁨도 샘솟지 않고, 내 눈에서는 눈물마저 말라버렸다. 내 감각은 이제 더는 기쁨의 눈물 덕으로 활력을 되찾지 못하고, 시름으로 이마를 주름지게 만들 뿐이다. 내 삶의 유일한 기쁨, 신성한 활력으로 내 주변의 세상을 창조하던 내 재능을 잃었고 슬픔에 잠겨 있다. 이제 그 재능은 사라지고 없어. 창밖을 바라보면 저 멀리 언덕 위로 떠오른 아침 해가 안개 속에 잠든 대지를 비추고, 낙엽을 떨군 들판 사이로 굽이굽이 시냇물이 흐른다. 그런데 이 아름다운 자연이 내 눈에는 라크 칠을 한 풍경화처럼 뻣뻣해 보이고, 그 광경을 대하는 내 가슴은 한 방울의 행복감도 머리로 퍼 올리지 못한다. 하느님의 눈에 비친 내 모습 또한 말라버린 우물이나 물기 없는 물통과 같으리라는 생각이 든다. 나는 종종 바닥에 엎드린 채 하느님께 하늘도 땅도 메마른 가뭄에 비를 기원하는 농부처럼 눈물을 달라고 빌었다.

아! 그러나 하느님은 우리의 다급한 기도에 비와 햇빛을 내려주지 않는다. 또한 행복했던 시절을 떠올리며 괴로워할 때도 그런 시간을 주시지 않는다. 그 시절은 어찌해서 그토록 행복했을까? 그때 우리는 참을성 있게 하느님의 뜻을 기다렸고, 우리 머리에 내려주시는 축복을 오로지 감사하는 마음으로 받아들였기 때문이다.

11월 8일

로테가 무절제한 내 행동을 나무랐다. 아! 나무라는 모습
도 어찌 그리 사랑스러운지 모른다. 나는 어떤 무절제한 행
동을 했던 걸까? 때때로 포도주 한 잔만 마시려던 것이 한
병이 되어버린다. 로테가 "이러지 마세요! 저를 생각해서"
라고 말리면 나는 이렇게 대꾸했다.

"당신을 생각해서라고요? 그런 말을 할 필요가 있다고 생
각하나요? 나는 당신을 생각하지 않아요. 내 영혼이 언제나
당신을 따라다니는데, 따로 생각할 필요가 있나요? 오늘도
나는 며칠 전 당신이 마차에서 내린 그곳에 앉아 있었어요."

로테는 내가 그 이야기를 길게 하지 못하도록 얼른 다른
이야기를 꺼냈다. 빌헬름, 나는 이제 아무 힘도 없어. 그저
그녀가 원하는 대로 할 뿐.

11월 15일

빌헬름, 내게 진심으로 마음 써주고 진심 어린 충고를 해
줘서 고맙다. 이제 더는 걱정하지 않아도 된다. 꼭 이겨낼
테니. 힘들고 지치지만 아직은 견딜 수 있어. 내가 종교를
중시한다는 걸 알고 있을 것이다. 종교는 지친 자에게 지팡
이가 되어주고, 목마른 자에게 물을 주니까. 그런데 종교가
누구에게나 그럴 수 있을까? 누구에게나 반드시 그럴까? 세

상을 한번 둘러보기 바란다. 종교의 도움을 받지 못한 사람이 얼마나 많은지 모른다. 영원히 도움을 받지 못할 사람은 또 얼마나 많은지 모른다. 설교를 들은 사람이든, 안 들은 사람이든 종교의 도움을 받지 못하는 사람은 수없이 많다. 그런데 과연 나에게 그런 도움을 줄까? 예수도 아버지 하느님이 허락한 사람이 아니면 자신에게 올 수 없다고 말씀했다. 그런데 내가 예수에게 허락된 사람이 아니라면 어떻게 되는 건가? 하느님께서 당신 곁에 두시려고 안 내어주셨다면? 솔직히 털어놓자면 나는 그런 사람인 것 같다. 부탁인데, 제발 오해하지 말아줬으면 한다. 진지하게 하는 말이니 농담으로 여기지 않길 바란다. 내 마음속을 있는 그대로 보여주는 것이니까. 그렇지 않다면 말하지 않았을 거다. 너도 알다시피 나는 남들보다는 내가 더 잘 아는 문제를 놓고 왈가왈부하기를 좋아하지 않는다. 인간의 운명이란 자신에게 정해진 몫의 고통을 견뎌내며 고배를 마시는 일과 무엇이 다르단 말인가? 그 잔은 인간의 모습을 띠고 있는 한 신의 아들에게조차 끔찍이 쓴 잔이었다. 그런데 내가 허세를 부리며 잔이 달다고 말해야 할까? 내 마음이 오로지 삶과 죽음 사이를 오가며 두려움에 덜덜 떨 때 나는 그런 모습을 부끄러워해야 하는가? 과거는 번개가 되어 미래의 어두운 심연 위를 내리치고, 온 사방이 쓰러지고, 나와 함께 세상이 무너져 내리는 그 무서운 순간을 수치스러워해야 하는가? 나의 하느님! 나의 하느님! 어찌하여 나를 버리셨나이까?

이는 절박한 위기에 몰린 피조물이 자신감을 잃고 무너질 때, 다시 일어서려고 안간힘을 써봐도 헛되기만 할 때 그의 가슴 깊은 곳에서 새어나온 탄식이 아닐까. 하늘을 천처럼 둘러서 장막을 칠 수 있는 분도 피하지 못했던 그 순간을 내가 무서워한다고 해서 이것이 어찌 부끄러운 일이겠는가?

11월 21일

로테는 내게 독이 든 잔을 건넨다. 그 잔으로 나와 그녀 자신이 파멸하는 줄도 모른 채 말이다. 나는 그것을 받아 탐욕스럽게 비워버린다. 나를 파멸시킬 독배를 마신다. 그리도 빈번히 다정한 눈길을 내게 던지면 어쩌란 말인가? 빈번히? 아니, 빈번히는 아니다. 그래도 종종 그렇게 한다. 나도 모르게 내 마음을 들켰을 때조차 그녀가 냉정하게 돌아서지 않는데, 나더러 어쩌란 말인가? 그녀의 이마에 힘들게 참는 나를 애처로워하는 기색마저 비치면 진정 어쩌란 말인가?

어제 로테의 집을 나올 때 그녀가 내게 손을 내밀며 "잘 가요, 친애하는 베르터!"라고 인사했다. 친애하는 베르터! 로테가 처음으로 내 이름을 '친애하는'이라는 말과 함께 불러주었다. 그 말은 내 골수에 사무쳤다. 나는 그 말을 수없이 되뇌었다. 밤이 되어 잠자리에 들면서 온갖 혼잣말을 지껄이다가 갑자기 "잘 자요, 친애하는 베르터!"라는 말이 튀어나왔어. 내가 말해놓고도 웃지 않을 수 없었지.

로테를 내 곁에 두기를 기도할 수가 없다네. 그런데도 로테가 내 여인인 것만 같으니…… 감히 기도할 수가 없다. 왜냐하면 로테에게 다른 사람이 있으니까. 내 고통을 가지고 농지거리를 하고 있다. 마음먹고 적으면 완벽한 신소리 대구(對句)로 된 시가 될 거다.

로테는 내가 참고 있다는 사실을 알고 있다. 오늘 그녀의 눈길이 내 가슴 깊은 곳까지 뚫고 들어왔다. 로테는 혼자 있었다. 나는 아무 말도 하지 않았고, 그녀는 나를 쳐다보았어. 내 눈에는 그녀의 아름다운 자태도, 빛나는 지성도 보이지 않았지. 그런 것은 모두 사라지고 없었다. 나를 감동시킨 것은 이런 것보다 훨씬 더 아름다운 눈빛이었다. 진심에서 우러나오는 염려와 따뜻하기 그지없는 연민이 아낌없이 드러난 눈빛 말이야. 나는 왜 그녀의 발아래 몸을 던지지 못했을까? 왜 그녀의 목에 수없이 입을 맞추며 그 눈빛에 화답하지 못했을까? 로테는 피아노로 몸을 피했다. 그리고 피아노 소리에 입김을 불어넣듯 조용하고 달콤한 목소리로 노래했다. 그 순간 로테의 입술은 그 어느 때보다 고혹적이었다. 홀짝홀짝, 열린 입술로 피아노에서 흘러나오는 감미로운 울림을 들이마시려는 듯했어. 그 빈 입에서는 신비로운 메아리만 되돌아 나오는 듯했어. 아니, 이런 말로는 도저히 정확한 표현을 할 수가 없다. 나는 더는 참을 수 없어 그만 머리를 숙이고 그 입술을 내 입술로 누르는 짓은 절대 하지 않겠다고 맹세했다. 천상의 정령들이 떠다니는 그 입술을 말이다. 하지만…… 파멸로써 죄를 씻는 한이 있더라도 그 행복의 순간을 감행하고 싶구나! 과연 죄일까?

11월 26일

때때로 나 자신에게 이렇게 말한다. "너 같은 운명이 또 있을까? 다른 사람들은 모두 행복해 보인다. 이토록 괴로운 사람은 아무도 없는 것 같다." 그러고 나서 옛 시인의 시를 읽으면 마치 내 마음을 읊은 것 같다. 내가 이렇듯 괴로운데, 나보다 먼저 나만큼이나 불행했던 사람들이 있었단 말인가?

11월 30일

나는, 나는 아무래도 정신을 차리지 못할 것 같다. 가는 곳마다 혼란스러운 일만 생기니 말이야. 오늘도 그랬다. 아, 운명이여! 아, 인간이여!

점심때 식욕도 없고 해서 물가로 갔다. 천지가 황량해 보였다. 산에서 음습한 바람이 불어오고, 잿빛 구름이 골짜기로 몰려들었다. 멀리 바위 사이로 남루한 녹색 상의를 입은 남자가 보였다. 약초를 찾는 듯했어. 다가가는 기척에 그 사람이 뒤돌아보았는데, 인상이 매우 독특했다. 무엇보다도 얼굴에 아련한 우수가 어려 있었다. 그 밖에는 정직하고 선량해 보였어. 검은 머리를 양쪽으로 말아 핀으로 고정시키고, 나머지 머리를 굵게 땋아 등 뒤로 드리우고 있었다. 행색을 보니 신분이 낮은 사람인 것 같아 그가 뭘 하는지 관심을 보이더라도 언짢아하지 않으리라고 생각했다. 나는 그에게 "무엇을 찾고 있나요?"라고 물었다. 그 사람은 깊은 한숨을 내쉬며 "꽃을 찾고 있는데 보이지 않네요" 하고 대답했다. 내가 웃으면서 "꽃이 필 계절이 아니니까요" 하고 대꾸하자 그는 내가 서 있는 곳으로 내려오며 이렇게 말했다.

"꽃은 종류가 굉장히 많습니다. 우리 집 정원에는 장미랑 겨우살이덩굴 두 종류가 있지요. 그중 하나는 아버지가 주신 것인데 둘 다 잡초처럼 참 잘 자랍니다. 벌써 이틀째 찾고 있는데 하나도 못 찾았네요. 저쪽에도 항상 빨간 꽃, 파란 꽃, 노란 꽃 등 꽃이 많았습니다. 용담도 꽃이 참 예쁘죠. 그런데 하나도 없네요."

나는 뭔가 좀 이상하다는 생각이 들어서 돌려 물었다.

"꽃으로 무얼 하려고 그러나요?"

그러자 사내의 얼굴에 환한 미소가 번졌다. 그는 자신의 입에 손가락을 갖다 대며 말했다.

"아무한테도 말하지 말아주세요. 애인에게 꽃다발을 만들어주겠다고 약속했거든요."

내가 "좋은 생각이군요" 하고 말하자 그가 말했다.

"아! 제 애인은 가진 게 많습니다. 부자니까요."

"그래도 당신이 준 꽃다발을 좋아할 겁니다."

"아! 그녀는 보석도 있고 왕관도 있어요."

"애인 이름이 뭡니까?"

내 물음에 그 사내는 딴청을 하며 말했다.

"네덜란드 정부에서 내 돈을 지급해주었다면 지금 나는 완전히 다른 사람이 되어 있을 텐데! 아, 나도 좋은 시절이 있었는데! 이제 모든 것이 끝나고 말았어요. 나는 지금……."

하늘을 바라보는 물기 어린 그의 눈빛이 모든 것을 말해주고 있었다. 내가 "그러니까 예전에는 행복했소?" 하고 묻자 그는 이렇게 대답했다.

"아, 그 시절로 다시 돌아갈 수 있다면! 참으로 행복하고 항상 즐거웠지요. 물 만난 고기처럼 살맛 나는 때였는데!"

그때 "하인리히!" 하고 부르는 소리가 들리더니 한 노파가 우리 쪽으로 오고 있었다. 노파가 소리쳤다.

"하인리히! 여기서 뭐 하니? 사방으로 찾아다녔잖아. 식사 시간이니 그만 가자."

나는 노파에게 다가가 "아드님인가요?" 하고 물었다. 그러자 노파는 "예, 불쌍한 제 자식입니다. 하느님께서 제게 무거운 십자가를 짊어지게 하셨어요" 하고 대답했다. 내가 다시 "저리 된 지 얼마나 되었나요?" 하고 묻자 노파가 이렇게 말했다.

"저렇게 조용해진 지 이제 반 년 됐어요. 그만하길 천만다행이죠. 예전에는 일 년 내내 발작이 끊이지 않는 바람에

정신병원에 보내 사슬로 묶어두었답니다. 지금은 아무에게
도 해코지를 하지 않아요. 허구한 날 왕이니 황제니 헛소리
를 할 뿐이죠. 옛날에는 착하고 얌전한 아이였어요. 집안일
도 돕고, 글씨도 참 잘 썼어요. 그런데 갑자기 우울증에 걸
려 고열에 시달리더니 발작을 하지 뭐예요. 지금은 보시다
시피 괜찮아졌어요. 도련님, 이왕 말씀을 드렸으니 한 마디
더 하자면······."

나는 그칠 줄 모르고 이어지는 노파의 말을 끊고 물었다.

"아드님이 행복했던 좋은 시절이 있었다고 자랑하던데,
그때가 언제였나요?"

그러자 노파는 연민이 어린 미소를 띠며 "미친 놈!"이라
고 외치더니 말을 이었다.

"정신이 나갔던 때를 말하는 겁니다. 항상 그때를 자랑하
곤 하지요. 정신병원에 있을 때여서 자기가 미친 줄도 몰랐
는데 말이죠."

그 말은 내게 번개를 맞은 듯한 충격이었다. 나는 노파의
손에 돈을 한 푼 쥐여주고 서둘러 그 자리를 떴다.

"행복했던 시절이라고?"

나는 시내 쪽으로 얼른 발을 옮기며 입 밖으로 내어 말했
다.

"물 만난 고기처럼 살맛 나던 때였다고!"

아, 하느님! 인간은 분별력을 얻기 전이나 다시 잃어버린
후가 아니면 행복해질 수 없는 겁니까? 이게 당신이 만든

인간의 운명인가요?

딱한 사람! 하지만 나는 네 우울증이, 너를 쇠약하게 만든 그 정신착란이 참으로 부럽구나. 여왕인 애인에게 꽃을 바치려는 희망에 부풀어 밖으로 나온 너. 그것도 겨울에. 그리고 꽃이 없다고 슬퍼하는 너. 꽃이 왜 없는지도 모르는 너. 그런데 나는 어떤가? 아무런 희망도 목적도 없이 집을 나와 또다시 그 모양으로 돌아간다. 네덜란드 정부가 돈을 지급해주었다면 어떤 사람이 되었을지 상상하는 너. 불행의 원인을 이 땅의 방해물에 미룰 수 있으니 너는 얼마나 행복한 사람인가. 너는 모르는구나. 네가 비참한 이유는 네 찢어진 가슴속에, 혼란스러운 네 머릿속에 있다는 사실을. 너는 모르는구나. 이 세상 그 어떤 왕도 네 비참한 사정을 없애줄 수 없다는 사실을.

병을 고치려고 약수를 찾아 머나먼 길을 떠나는 사람에게 그러면 오히려 병이 더 악화되어 죽을 거라고 비웃는 사람이 있다면 그런 사람은 홀로 쓸쓸이 죽어 마땅하다! 양심의 가책에서 벗어나고 마음의 고통을 털어버리려고 옥죄는 가슴을 안고 성자의 묘지를 찾아 순례 길에 오른 사람은 험한 길을 걷느라 발바닥이 갈라질지언정 내딛는 걸음마다 마음을 달래주는 진정제를 얻고, 여정은 늘어질지언정 가슴을 짓누르는 죄책감은 가벼워지는 법이다. 그런데 안락의자에 앉아 실없는 소리나 지껄이는 작자들이 이를 두고 미친 짓이라고 말할 수 있는가? 미친 짓이라니!

오, 하느님! 내 눈물이 보이십니까? 당신은 인간을 이리도 불쌍하게 창조하셨습니다. 그런데 그것으로도 모자라 정해진 몫의 고통마저 앗아버리는 형제들까지 주셔야 했습니까? 인간이 그나마 갖고 있던 믿음마저 앗아버리고 당신에 대한, 자비로운 하느님에 대한 믿음마저 앗아버리는 그런 형제들을 주셔야만 하셨는지요! 약초 뿌리, 포도즙의 효험을 믿는 마음이 당신에 대한 믿음이 아니고 무엇입니까? 우리에게 시시때때로 필요한 치유제와 진통제를 당신께서 우리 주변 만물에 심어놓으셨다는 믿음 말입니다. 아버지! 당신은 내가 알지 못하는 분입니다. 그럼에도 내 영혼을 충만하게 해주시더니 이제 와서 나를 외면하십니까? 아버지! 나를 불러주소서! 더는 침묵하지 마소서! 이 메말라 가는 영혼은 당신의 침묵을 더는 견디지 못하겠나이다. 한 아들이 예정보다 일찍 방랑을 끝내고 돌아와 아버지의 목을 와락 끌어안고 호소합니다.

"저 돌아왔어요, 아버지! 아버지의 뜻대로 더 오래 참고 견뎠어야 할 방랑을 중도에서 그만두었다고 화내지 마세요. 세상은 어디나 다 같아요. 수고하고 일한 만큼 보수와 기쁨을 얻지요. 하지만 제게 그게 다 무슨 소용이에요? 저는 아버지 곁이 좋아요. 고생도 호강도 아버지가 계신 곳에서 하겠어요."

이때 이 땅의 어느 아버지가 화를 내겠습니까? 그런데도 하늘에 계신 아버지께서는 이런 아들을 쫓아내실 겁니까?

빌헬름, 내가 이야기한 그 행복한 불운아는 로테 아버지의 서기였다. 로테를 남몰래 연모하다가 그 마음이 커져 발각되는 바람에 해고당했고, 끝내 미쳐버렸다고 한다. 알베르트는 이 이야기를 아무렇지도 않게 했다. 아마 너도 그렇게 읽었을 테지. 하지만 이 무미건조한 이야기가 내게 얼마나 큰 충격을 안겼는지 느껴주기 바란다.

빌헬름! 너도 알겠지? 난 이제 끝이다. 더는 견딜 수가 없어. 오늘 로테가 피아노를 연주했다. 나는 그 곁에 앉아 다채로운 멜로디를 표현하는 그녀의 모습을 지켜보았다. 그 표정! 그 자태! 아, 어쩌란 말인가? 로테의 어린 동생은 내 무릎에 앉아 인형 옷을 입히고 있었다. 내 눈에 눈물이 맺혔다. 고개를 숙이니 로테의 결혼반지가 눈에 들어왔다. 눈물이 주르륵 흘렀다. 그때 갑자기 로테가 예전에 연주했던 감미롭기 그지없는 곡을 치기 시작했다. 문득 슬픔이 진정되면서 지난날에 대한 기억이 뇌리를 스쳤다. 그 노래를 듣던 날과 암울하고 답답했던 시절 그리고 이루지 못한 소망들이 밀려들었어. 나는 방 안을 왔다 갔다 했다. 밀려오는 격정에 숨이 멎을 것만 같았다.

"제발!"

나는 로테를 향해 격하게 소리쳤다.

"제발 그만해요!"

로테는 연주를 멈추고 나를 물끄러미 쳐다보았다. 그러고는 내 마음을 흔드는 미소를 지으며 이렇게 말했다.

"베르터, 즐겨 듣는 곡마저 마다하는 걸 보니 몸이 많이 안 좋은가 봐요. 댁에 돌아가서 쉬세요. 어서요."

그 말에 나는 그곳을 뛰쳐나왔다. 하느님! 내 비참한 마음을 보셨습니까? 이제 제발 이 고통을 끝내주소서!

12월 6일

가는 곳마다 그녀의 모습이 따라다닌다. 꿈에서도 깨어나서도 그녀 생각뿐이다! 여기, 눈을 감으면 상상의 눈이 집중되는 내 이마에 그녀의 검은 눈이 보인다. 여기에! 아, 어떻게 표현해야 할지 모르겠다. 눈을 감으면 그녀가 보인다. 바다와도 같이, 심연과도 같이 내 앞에 나타나 내 이마의 모든 의식을 채워버린다.

인간이란 무엇인가? 신에 버금가는 존재라고 우쭐대지만, 정작 그 능력이 절실하게 필요한 순간에 그것을 잃어버리지 않는가? 뛸 듯이 기쁠 때도, 죽을 듯이 슬플 때도 잠시 그러고 말 뿐, 그 감정에 영원히 빠져들기를 꿈꾸는 바로 그 순간에 냉혹하고 무미건조한 현실로 되돌아오지 않는가?

엮은이의 글

베르터가 죽기 전 며칠간의 행적을 기록한 자필 문서가 충분히 남아 있었다면 중간에 이 글을 끼워 넣지 않았다.

나는 베르터에 관해 자세히 알 만한 사람들한테서 정확한 내용을 알아보려고 애썼다. 사람들에게 전해 들은 이야기는 간단했지만, 몇 가지 사소한 내용을 제외하고는 모두 일치했다. 단지 베르터의 심리 상태에 대해서는 저마다 생각이 달랐다.

결국 우리가 할 수 있는 것은 지금까지 거듭된 노력 끝에 알아낸 내용을 사실대로 밝히고, 고인이 남긴 편지를 사이사이 끼워 넣는 일뿐이었다. 이 과정에서 우리는 지극히 사소한 적바림도 소홀히 하지 않았다. 왜냐하면 비범한 사람의 경우 아무리 단순한 행동이라 할지라도 그 원초적이고 진정한 동기를 알아내기가 쉽지 않기 때문이다.

베르터의 마음에 불만과 우울감이 점점 더 깊게 뿌리 내렸고, 이 두 감정은 서로 단단히 얽혀 베르터의 온 정신을 잠식하고 말았다. 베르터의 조화로운 정신은 완전히 파괴되었고, 내면의 흥분과 격랑은 그의 본성을 뒤흔들고 극단의 악영향만 미쳤다. 그 결과 베르터는 정신적 탈진에 이르고 말았다. 그는 이를 극복하려고 그 어느 때보다 힘들게 싸워야 했다. 심리적 불안감은 남아 있던 분별력과 생동감 그리고 총기마저 갉아먹었다. 그는 사람들 앞에서도 슬픈 모습을 보였으며 점점 더 불행해졌다. 베르터가 불행해질수록 그의 생각은 정당성을 잃어갔다. 적어도 알베르트의 친구들 말로는 그랬다. 그들이 주장하는 바에 따르면 베르터는 언제나 가진 돈을 한꺼번에 다 써버리고 저녁에는 쫄쫄 굶는 유형이라는 것이다. 반면 알베르트는 성실하고 점잖은 유형으로 오랫동안 염원하던 행복을 얻은 다음에도 그 행복을 미래까지 계속 이어가려고 노력했는데 베르터는 이런 그의 태도를 제대로 평가하지 못했다는 것이다. 그들은 알베르트가 그토록 짧은 기간에 변했을 리 없고, 베르터가 처음 보았던 대로, 그토록 칭송하고 아끼던 그 모습 그대로였다고 했다. 알베르트는 로테를 세상 그 누구보다 사랑하고 자랑스러워했으며, 그녀가 지극히 훌륭한 여인이라는 사실을 다른 이들이 인정해주기 바랐다. 그래서 알베르트가 로테와 관련해 사소한 의혹도 없애려 했다 한들 비난할 일은 아니라는 것이다. 아무리 순수한 방식일지언정 그 값진 보물을 누구와도 나누려 하지 않았다고 해서 나쁘게 생각할 수는 없다는 것이다. 또 그들은 베르터가 로테와 함께 있을 때면 알베르트가 자주 그 방에서 나갔지만, 그것은 베르터에 대한 증오나 거부감 때문이 아니라 자기가 있으면 그가 부담을 느끼는 것 같았기 때문이라고 덧붙였다.

로테의 아버지가 중병에 걸려 몸져눕게 되었다. 그는 딸에게 바람도 쐴 겸 집으로 오라고 마차를 보냈다. 첫눈이 내려 온 동네를 하얗게 덮은 아름다운 겨울날이었다.

베르터는 다음 날 아침 로테의 뒤를 따라나섰다. 만약 알베르트가 로테를 데리러 오지 않으면 자신이 데리고 올 생각이었던 것이다. 맑은 날씨도 그의 우울한 기분을 달래주지는 못했다. 그의 마음을 묵직한 돌덩이가 내리누르고 있었으며, 서글픈 영상들이 눈앞을 떠나지 않았다. 괴로운 생각만이 끊임없이 떠오를 뿐 우울한 기분은 나아지지 않았다.

자신과 끝내 화해하지 못한 베르터에게는 다른 사람의 처지도 늘 걱정스럽고 혼란스럽게 보였다. 그는 알베르트와 로테 사이가 벌어졌다고 생각하며 자신을 비난했는데, 그 비난에는 알베르트에 대한 은밀한 반감도 섞여 있었다.

로테에게 가면서 베르터는 또다시 이 문제에 부딪혔다. 그는 남몰래 이를 갈며 자신에게 말했다.

"그래, 이게 친밀하고 자상하고 다정하며 서로 걱정하고 위하는 사이란 말이지? 변함없이 굳은 정절이라고? 이건 권태와 무관심이야! 알베르트는 훌륭하고 소중한 아내보다 온갖 잡다한 일을 더 좋아하잖아! 자신이 얼마나 행복한 사람인 줄 알기나 한 걸까? 로테의 진정한 가치를 알기나 한 걸까? 그는 로테를 가졌다. 그래, 좋아. 로테는 그의 것이다. 그건 나도 안다. 설마 그것도 모를까 봐. 이미 그 사실에 익숙해졌다고 생각했는데, 아직도 그 생각만 하면 미칠 것만 같고 죽고만 싶다. 그런데도 나에 대한 우정은 변함이 없다고? 내가 로테에게 집착하는데도 자신의 권리를 침해한다고 생각지 않는단 말인가? 로테에 대한 내 관심이 자신에 대한 소리 없는 비난인 줄 모른다고? 천만에! 알베르트는 나를 달가워하지 않아. 내가 그 사실을 모를 줄 알고! 그는 내가 떠나기를 바라지. 내가 여기 있는 걸 귀찮게 생각한다고."

베르터는 때때로 가던 걸음을 멈추고 가만히 서 있었다. 마치 되돌아가려고 하는 것처럼 보였다. 그러나 다시 앞을 향해 걸었고, 이런 생각에 빠져 혼잣말을 중얼거리는 사이 자신의 의지와 상관없이 수렵 별장에 당도했다.

베르터는 현관으로 들어서며 로테와 부친이 있는지 물었다. 그런데 집안이 왠지 소란스러웠다. 장남이 그에게 발하임에서 농군 한 명이 맞아 죽는 사건이 발생했다고 일러주었다. 베르터는 그런가 보다 하고 생각했다. 그가 방으로 들어가니 로테가 부친을 말리느라 바빴다. 부친이 병중임에도 아랑곳하지 않고 사건을 조사하기 위해 현장으로 가겠다고 나섰던 것이다. 범인이 누구인지는 아직 밝혀지지 않았다. 피살자는 그날 아침 집 문 앞에서 발견되었는데, 어느 과부의 머슴이었다. 사람들은 과부가 예전에도 다른 머슴을 부렸는데, 그자가 불미스러운 일로 쫓겨났을 거라고 추측했다.

베르터는 이 말을 듣자 벌떡 일어서며 외쳤다.

"그럴 수도 있어요! 어서 가봐야겠어요. 한시도 지체할 수 없어요."

베르터는 서둘러 발하임으로 향했다. 모든 기억이 생생하게 떠오르면서 자신과 자주 이야기했던 사내가 범인이라는 사실을 조금도 의심하지 않았다. 어느덧 그는 베르터에게 아주 소중한 사람이 되어 있었다.

사람들은 시신을 술집 앞에 눕혀 놓았다. 그 술집으로 가려면 보리수 사이를 지나가야 했다. 현장에 도착하자 온몸에 소름이 끼쳤다. 평소에 그토록 좋아하던 곳으로, 이웃집 아이들이 자주 와서 놀던 문턱은 피로 물들어 있었다. 인간의 가장 아름다운 감정인 사랑과 정절이 폭력과 살인으로 변해 있었다. 잎을 떨군 우람한 나무에는 서리가 내려앉았고, 교회에 딸린 묘지의 나지막한 담장 위로 아치를 그리던 아름다운 덤불도 가지만 앙상했다. 그 사이로 눈 덮인 묘비들이 들여다보였다.

베르터는 술집으로 다가갔다. 온 마을 사람들이 그 앞에 모여 있었는데, 누군가 갑자기 큰 소리로 외쳤다. 멀리서 한 무리의 무장한 남자들이 범인을 잡아왔다고 소리치며 다가오고 있었다. 베르터는 그쪽을 바라보았다. 의심의 여지가 없었다. 바로 그 농군이었다. 여주인을 간절하게 사랑했던, 얼마 전 베르터가 만났을 때 남모를 분노와 절망으로 방황하던 그 사람이었다.

베르터는 잡혀온 남자에게 다가서며 "무슨 짓을 한 건가, 이 사람아!" 하고 외쳤다. 남자는 베르터를 말없이 바라볼 뿐 침묵을 지켰다. 그러더니 마침내 담담한 어조로 "아무도 그녀를 차지할 수 없어요. 그 누구도 그녀를 가질 수 없어요"라고 말했다. 사람들은 남자를 술집 안으로 끌고 들어갔으며, 베르터는 서둘러 그곳을 떠났다.

베르터는 엄청난 충격을 받았고, 그의 내면에 가득했던 온갖 상념이 뒤죽박죽이 되었다. 그는 자신의 슬픔, 우울, 될 대로 되라는 자포자기의 심리 상태를 단번에 떨쳐버렸다. 그의 마음속에서 동정심이 이루 말할 수 없을 정도로 커졌고, 그를 구해야겠다는 생각에 사로잡혔다. 베르터는 그 남자가 너무 가여웠고, 범인이지만 죄가 없다고 생각했다. 그 사람의 처지에 너무 깊이 몰입한 나머지 다른 사람들도 이해시킬 수 있다고 굳게 믿었다. 그 사람을 변호하고 싶다는 생각이 들었고, 입에서는 이미 격렬한 변론이 튀어나왔다. 베르터는 서둘러 수렵 별장으로 가면서 정무관 앞에서 할 말을 중얼거리고 있었다.

방 안으로 들어서면서 베르터는 알베르트가 와 있다는 사실에 순간 기분이 상했다. 하지만 이내 마음을 가다듬고 정무관 앞에서 열변을 토했다. 베르터의 이야기를 들으며 정무관은 여러 번 머리를 가로저었다. 베르터는 열성을 다해 그리고 사실대로 한 인간을 변호하기 위해 할 수 있는 말을 다했지만 정무관의 마음을 움직일 수 없었다. 하지만 이는 사실 누구나 쉽게 상상할 수 있는 결과였다. 정무관은 베르터의 말을 끊고 강하게 반박하며, 그가 살인자를 두둔한다고 오히려 꾸짖었다. 또한 베르터가 주장하는 대로라면 법은 무효가 되고, 국가의 안전은 보장될 수 없을 거라고 설명했다. 그리고 나서 이런 일에 섣불리 개입했다가는 엄청난 책임을 지게 될 테니 모든 것은 정해진 법규와 절차에 따라야 한다고 덧붙였다.

그럼에도 베르터는 포기하지 않고 그 사람의 도주를 돕는 사람이 있더라도 눈감아 달라고 간청했다. 그러나 정무관은 이 요청도 거절했다. 그때 옆에 있던 알베르트가 대화에 끼어들며 정무관의 편을 들었다. 결국 베르터는 수적으로 밀렸다. 정무관은 "안 돼! 그자를 구할 길은 없네!"라는 말을 되풀이했고, 베르터는 크게 낙담해 그 자리를 떠났다.

이 말이 베르터에게 얼마나 충격적으로 다가왔는지는 그가 남긴 문서에 끼어 있던 적바림을 보면 알 수 있다. 이 글은 그날 쓴 것이 분명했다.

"자네는 구원받을 길이 없어, 딱한 사람! 우리가 구원받을 수 없다는 사실을 이제는 알겠다."

알베르트가 정무관 앞에서 체포된 사람에 대해 한 말은 베르터의 심기를 대단히 불쾌하게 만들었다. 베르터는 알베르트의 주장에 자신을 향한 반감이 묻어 있다고 믿었다. 베르터는 명석한 사람이었으므로 다시 생각한 끝에 두 사람의 견해가 옳다는 판단을 하지 않을 수 없었다. 하지만 그 사실을 고백하거나 인정한다면 자신의 진정한 자아를 버려야 한다고 생각했다.

우리는 이와 관련된 적바림을 베르터가 남긴 문서 사이에서 찾아냈다. 거기에는 베르터가 알베르트에게 느끼는 감정이 솔직히 드러나 있었다.

"알베르트는 성실하고 착한 사람이라고 나 자신에게 말하고 또 말한들 무슨 소용인가? 그래 봤자 내 오장육부만 갈기갈기 찢어진다. 나는 공정할 수가 없다."

날씨가 풀리기 시작했다. 저녁에도 날씨가 포근하자 로테와 알베르트는 걸어서 돌아왔다. 로테는 걸으면서 가끔 뒤를 돌아보았다. 베르터가 동행하지 않아 아쉬운 듯했다. 알베르트는 베르터 이야기를 꺼내면서 그가 자신을 부당하게 대한다고 비난했다. 또한 베르터의 열정은 안됐지만, 가능한 한 그를 멀리하는 편이 좋겠다고 말했다.

"우리를 위해서도 그러는 편이 좋겠어요. 베르터가 당신을 대하는 태도를 바꾸게 주의를 주도록 해요. 그리고 너무 자주 찾아오지 않도록 해줘요. 사람들의 이목을 끌어 좋을 일은 없으니까요. 벌써 여기저기서 수군거리고 있으니 말이오."

로테는 아무 대꾸도 하지 않았다. 알베르트는 그녀의 침묵에서 뭔가 느낀 것 같았다. 적어도 그때부터 알베르트는 로테 앞에서 베르터 이야기를 꺼내지 않았고, 그녀가 베르터 이야기를 꺼내면 말을 막거나 화제를 다른 데로 돌렸다.

베르터가 불쌍한 사내를 구하기 위해 쏟은 온갖 노력은 허무하게 끝나고 말았다. 그 노력은 꺼져가는 불길의 마지막 불꽃이었다. 베르터는 더욱더 깊은 번뇌에 빠졌고, 매사에 의욕을 잃어갔다. 그 사내가 범행을 부인하고 있어 자신을 원고 측 증인으로 내세울지도 모른다는 말을 들었을 때는 정신이 나갈 지경이었다. 지금까지 살아오면서 겪었던 모든 불쾌한 일이 머릿속에 차례로 떠올랐다 사라졌다. 공사관에서 일하며 겪었던 화나는 일, 이런저런 실패와 모욕……. 베르터는 이 모든 괴로움을 겪었기에 의욕 상실에 빠진 것이 당연하다고 생각했다. 어떤 희망도 보이지 않고, 정상적인 생활을 꾸려갈 수 있는 기회가 오더라도 그 기회를 잡을 능력이 없다고 생각했다. 마침내 혼자만의 기이한 감정과 사고, 끝없는 열망에 빠져들었다. 그리고 사랑하고 싶은 사람, 사랑했던 사람과의 슬픈 교제를 그 사람의 평안을 방해하면서까지 한결같이 이어가는 가운데 자신의 재능을 목적도 희망도 없이 마구 소진하면서 서글픈 결말을 향해 다가갔다.

베르터의 불안한 마음과 열망, 끊임없는 고뇌와 이를 극복하고자 한 노력, 삶의 권태를 그가 남긴 편지 몇 통이 적나라하게 증언해주고 있다. 여기 그 편지를 싣는다.

12월 12일

빌헬름, 지금 내 처지는 악령에게 쫓기는 불행한 사람의 처지와 다르지 않아. 종종 두려움도 욕망도 아닌, 예전에 느껴보지 못한 사나운 감정이 내 가슴을 쥐어뜯고 내 목을 조르는 것 같다. 괴롭다! 그럴 때면 이 엄동설한에도 황량한 밤거리를 헤매고 다닌다.

어제 저녁에도 밖으로 나갔다. 갑자기 날씨가 풀려 강물이 범람하고, 시내마다 물이 불어나고, 발하임에서 뻗어 내려간 어여쁜 골짜기가 물에 잠겼다는 소식을 듣고 밤 열한 시가 넘은 시각에 그곳으로 달려갔다. 바위 언덕에 서서 아래를 내려다보니 달빛 아래 범람한 물길이 사위를 할퀴며 굽이치고 있었어. 밭도 초지도 울타리도 물에 잠겼고, 골짜기는 위에서 아래까지 물바다가 되어 휘몰아치는 폭풍에 출렁이고 있었어. 달이 더 높이 떠올라 먹구름 위를 비추자, 큰물은 달빛을 무섭도록 장엄하게 반사하며 내 앞을 소리 내어 흘러갔다. 내 몸은 전율했고, 어떤 동경이 밀려왔다. 낭떠러지 앞에 두 팔을 벌리고 서서 그 아래로 숨을 몰아쉬니, 내 고통과 번민이 폭포처럼 쏴아 하고 떨어져 내리는 것 같은 환각에 빠져들었다. 아! 땅에서 발을 뗄 수 없으니 이 모든 고통을 끝낼 수 없구나! 나는 안다. 내 몫으로 정해진 시간이 아직 다하지 않았다는 사실을 말이다. 아, 빌헬름! 폭풍이 되어 구름을 흐트러뜨리고 저 큰물을 덮칠 수 있다면 나는 기꺼이 내 생명을 포기하겠다! 언젠가는 속박당한 몸에도 그런 환희가 찾아오겠지?

나는 처량한 마음으로 저 아래 버드나무가 있던 곳을 바라보았어. 어느 뜨거운 여름날 로테와 함께 거닐다 앉아서 쉬던 곳이야. 그곳도 물에 잠겼고, 버드나무도 그 형체를 알아보기 힘들었지. 나는 로테의 집 풀밭이 생각났다. 수렵별장 주변은 어찌 되었을까? 휘몰아치는 폭풍에 우리의 정자는 무사할까? 마치 감옥에 갇힌 사람이 양떼와 풀밭과 과거의 높은 직위를 그리워할 때처럼 지난날이 한 줄기 햇살이 되어 내게 빛을 던졌다. 나는 뛰어내리지 않았다. 그래도 나 자신이 부끄럽지 않다! 죽을 용기가 있으니까. 아마 있을 거다. 빌헬름, 추위와 굶주림의 고통을 덜기 위해 울타리로 땔감을 삼고 이 집 저 집 돌아다니며 빌어먹으면서 낙도 없는 삶을 조금이라도 연장하려고 애쓰는 노파들을 본 적이 있지? 지금 이곳에 앉아 있는 내 모습이 그런 노파와도 같구나!

12월 14일

빌헬름, 이게 뭐지? 나 자신이 두렵다. 로테를 향한 내 사랑은 지극히 성스럽고 지극히 순결한, 형제애와도 같은 사랑이 아니었던가? 한 번이라도 마음속에 벌 받을 소망을 품은 적이 있었던가? 전혀 없었다고 말할 자신은 없지만……. 그래, 꿈을 꾼 거다! 이렇게 앞뒤가 맞지 않는 현상을 두고 어떤 알지 못할 힘의 조화라고 말하는 사람들의 심정을 너무 잘 알 것 같다. 그날 밤! 그 말을 하려니 몸이 떨린다. 나는 로테를 내 품에 꼭 끌어안았다. 그리고 사랑을 속삭이는 그녀의 입술에 수없이 입맞춤을 했다. 내 눈은 황홀경에 빠진 로테의 눈 속을 떠다녔다. 지금 그 뜨거운 열락의 순간을 떠올리기만 해도 행복감이 밀려온다. 하느님, 이것이 죄입니까? 로테! 아, 로테! 이제 다 끝났다. 내 의식은 혼돈에 빠졌고, 벌써 일주일째 멍청한 상태가 지속되고 있다. 눈물만 하염없이 흘러내릴 뿐이다. 어디를 가나 편한 것도 아니고 편치 않은 것도 아니다. 나는 바라는 것도 없고 원하는 것도 없다. 내가 떠나는 편이 좋을 듯싶다.

이 시기에 베르터의 심리 상태는 이랬다. 그런 상황에서 세상을 떠나겠다는 결심이 갈수록 굳어졌다. 이것은 로테를 만나고 돌아온 이후 베르터가 예상할 수 있는 마지막 결말이자 그에게 남은 마지막 희망이었다. 그러나 베르터는 서두르지 않겠다고 자신에게 말했다. 성급하게 행동으로 옮기지 않고 가장 뚜렷한 확신이 들 때 되도록 조용하고 단호하게 행동으로 옮길 작정이었다.

베르터가 얼마나 갈등하며 자신과 싸웠는지는 그가 남긴

기록을 보면 알 수 있다. 이 기록은 빌헬름에게 쓰다 만 편지로 보이는데, 날짜가 적히지 않은 채 베르터의 문서들 사이에 섞여 있었다.

로테를 보면, 그녀의 운명을 생각하면, 내 운명을 동정하는 그녀의 마음이 보일 때면 다 타버린 내 머릿속에서 마지막 남은 눈물이 방울진다.

장막을 걷고 그 안으로 들어가기만 하면 돼! 망설이고 머뭇거릴 이유가 뭐람? 그 뒤에 뭐가 있을지 몰라서? 다시 돌아올 수 없어서? 확실하게 알지 못하는 것에 대해서는 혼돈과 암흑이 있으리라 예상하는 것이 우리 두뇌의 특징이다.

마침내 베르터는 이 비극적인 생각에 익숙해지다 못해 친숙해졌고, 그의 결심은 되돌릴 수 없이 확고해졌다. 베르터가 빌헬름에게 보낸 뜻이 모호한 편지가 이러한 사실을 증명해주고 있다.

12월 20일

빌헬름, 내 말을 그런 뜻으로 이해해주니 고마워. 네 말대로 내가 떠나는 편이 좋겠어. 하지만 너희한테 돌아오라는 네 제안은 썩 내키지 않는다. 적어도 어디를 들른 후에 가고 싶어. 추위가 계속되어 길도 좋을 테니 말이야. 나를 데리러 오겠다는 말도 참으로 고마워. 하지만 이 주일만 더 기다

려주기 바란다. 자세한 내용은 편지로 알려주겠다. 열매가
다 익기도 전에 따서는 안 된다. 이 주일을 미루고 안 미루
고의 차이는 대단한 것이다. 내 어머니께는 아들을 위해 기
도해달라고 말씀드렸으면 한다. 이 아들이 저지른 모든 불
효를 용서해달라는 말도 함께 말이야. 기쁨을 주어야 할 사
람들을 슬프게 하는 것이 내 운명인가 보다. 잘 있어, 내 소
중한 친구야! 하늘의 모든 축복이 네게 내리기를! 안녕!

　이 시기에 로테가 어떤 생각을 하고 있었는지, 남편과 베
르터에 대해 어떤 심정이었는지는 함부로 말할 사안이 아
니다. 다만 로테의 성격으로 미루어 여성적인 고운 심성으
로 생각하고 느꼈으리라고 조심스럽게 짐작할 수는 있다.
로테가 베르터를 멀리하기로 굳게 결심했다는 점은 분명하
다. 그럼에도 망설였다면 친구를 보호하기 위한 마음에서
나온 행동이었을 것이다. 로테는 자신이 베르터를 멀리하
면 그가 얼마나 괴로워할지 알고 있었다. 아니, 베르터가 그
상황을 견디지 못하리라는 사실을 알고 있었다. 그러나 이
즈음 로테는 결연한 태도를 보일 수밖에 없었다. 로테가 그
문제를 남편 앞에서 거론하지 않았듯이 그녀의 남편도 이
점에 관해서는 침묵으로 일관했다. 그럴수록 로테는 자신
의 생각이 남편의 생각과 다르지 않다는 사실을 행동으로
보여주어야 했다.
　베르터가 빌헬름에게 마지막 편지를 쓴 날은 크리스마스

를 앞둔 일요일이었다. 그날 저녁 베르터가 로테를 찾아왔을 때 그녀는 혼자 있었는데, 동생들에게 줄 크리스마스 선물을 정리하고 있었다. 베르터는 아이들이 좋아할 거라고 말한 뒤 어린 시절 갑자기 문이 열리더니 불 켜진 양초와 사탕과 사과로 장식한 나무가 들어와 낙원과도 같은 분위기를 만들어냈던 이야기를 했다. 로테는 당혹감을 감춘 채 부드러운 미소를 지으며 "점잖게 행동하시면 당신도 선물을 받을 수 있어요. 양초랑 또 다른 것도"라고 말했다. 베르터가 "점잖게 행동한다는 게 뭡니까?" 하고 물었다. 그러고는 진지하게 "어떻게 해야 되나요? 어떤 게 점잖은 행동이죠, 로테?" 하고 물었다. 로테가 말했다.

"금요일 저녁에, 그러니까 크리스마스이브에 아이들과 아버지가 다 같이 모여 선물을 받을 거예요. 그때 당신도 오세요. 하지만 그전엔 안 돼요."

순간 베르터가 멈칫했음에도 로테는 계속해서 말했다.

"부탁이에요. 어쩔 수 없어요. 그렇게 하셔야 제 마음이 편해요. 이렇게, 이런 식으로 계속할 수는 없어요."

베르터는 로테한테서 눈을 떼고 방을 왔다 갔다 하며 이를 악문 채 "이런 식으로 계속할 수는 없어!"라는 말을 중얼거렸다. 로테는 베르터가 자신의 말에 충격을 받았다는 사실을 눈치 채고 그의 생각을 딴 데로 돌리려고 별별 질문을 다했지만 소용없었다. 베르터가 외쳤다.

"그러죠, 로테. 다시는 당신을 보지 않을 겁니다."

그러자 로테가 되물었다.

"아니 왜요? 베르터, 당신은 저를 다시 볼 수 있고, 다시 봐야 해요. 다만 적당히 하라는 말이에요. 아! 당신은 어째서 이토록 격렬하고 억누를 길 없는 열정을 타고났을까요? 왜 한번 손댄 것은 절대 놓지 않으려는 거죠?"

로테는 베르터의 손을 잡으며 말을 이었다.

"제발 부탁이에요. 자제해주세요. 당신의 머리와 학식, 재능으로 얼마든지 많은 즐거움을 찾을 수 있잖아요. 남자답게 미련을 버리세요. 당신이 매달리는 사람은 당신을 동정하는 일 말고는 아무것도 해줄 수가 없어요."

베르터는 이를 악물고 로테를 서글프게 쳐다보았다. 그러자 그녀는 베르터의 손을 잡은 채 말했다.

"잠시만 마음을 가라앉히세요. 당신은 집착 때문에 파멸로 치닫고 있어요. 당신도 알면서 스스로 속이고 있을 뿐이죠. 안 그런가요? 왜 저예요, 베르터? 어째서 제게 집착하는 거죠? 저는 다른 사람의 아내예요! 저를 소유하는 일은 불가능해요. 저는 두려워요. 당신이 가질 수 없기에 더욱더 갖고 싶어 하는 게 아닐까 해서요."

베르터는 분기 어린 눈빛으로 로테를 쏘아보며 그녀의 손에서 자기 손을 뺐다. 그러고는 이렇게 외쳤다.

"훌륭해요! 아주 훌륭해! 알베르트가 그렇게 말하던가요? 좋은 전략이군요. 매우 좋아요!"

그러자 로테가 대꾸했다.

"이건 누구나 할 수 있는 말이에요. 이 넓은 세상에 당신 마음에 흡족한 여자가 한 명도 없겠어요? 이겨내세요. 그리고 그런 여자를 찾아보세요. 분명히 찾을 거예요. 저는 언제부턴가 당신이 자신을 옭아매는 모습을 보면서 줄곧 걱정했어요. 당신에게도 우리에게도 염려스러운 일이었어요. 이겨내세요. 여행을 하면 속박에서 벗어날 수 있을 거예요. 벗어나야 해요! 떠나세요. 그리고 당신의 사랑을 받아 마땅한 사람을 찾으면 돌아오세요. 그때가 되면 우리 모두 진정한 우정이 주는 행복을 즐길 수 있을 거예요."

베르터는 냉소를 터뜨리며 말했다.

"그 말을 인쇄해서 가정교사들에게 나눠주면 좋겠군요. 로테, 잠시만 더 나를 내버려두세요. 그러면 모든 일이 다 잘될 테니까요!"

하지만 로테의 생각은 달랐다.

"베르터, 크리스마스이브 전까지는 오지 말아주세요."

베르터가 대답하려는 찰나 알베르트가 방으로 들어왔다. 두 사람은 냉랭하게 인사를 나눈 후 나란히 서서 어색하게 방 안을 왔다 갔다 했다. 베르터가 별 의미 없는 대화를 시작했으나 곧 끝났고, 알베르트도 마찬가지였다. 그래서 알베르트는 아내를 보고 시킨 일은 어찌 되었느냐고 물었다. 로테는 아직 처리하지 못했다고 대답했다. 이에 알베르트가 몇 마디 던진 말이 베르터의 귀에는 너무 냉정하게, 아니 가혹하게 들렸다. 베르터는 가려고 했으나 그러지 못하고 여덟 시까지 미적거렸는데, 그러는 사이 불쾌감과 불만은 더욱 커졌다. 식사 준비가 다 되었을 때 베르터는 모자와 지팡이를 집어 들었다. 알베르트가 식사하고 가라고 권했지만 베르터에게는 빈말로 들렸다. 그래서 그는 냉랭하게 고맙다고 말한 뒤 그 집을 나왔다.

집에 돌아온 베르터는 하인이 들어주던 등롱을 받아들고 혼자 방으로 들어갔다. 방 안으로 들어온 베르터는 울음을 터뜨렸다. 분을 삭이지 못해 혼자 중얼거리기도 하고 홍분해서 방 안을 왔다 갔다 하기도 했다. 그러다 옷을 입은 채 침대에 몸을 던졌다. 열한 시쯤 하인이 들어와 장화를 벗겨드릴지 물었다. 베르터는 그러라고 말한 뒤 다음 날 아침 자신이 부르기 전에는 들어오지 말라고 지시했다.

12월 21일 월요일 아침. 베르터는 로테에게 다음과 같은 편지를 썼다. 이 편지는 그가 죽은 뒤 봉해진 상태로 책상 위에서 발견되어 로테에게 전달되었다. 정황으로 보아 베르터는 이 편지를 한 번에 써내려간 것 같지 않다. 따라서 여기에도 부분부분 나누어 싣는다.

로테, 나는 죽기로 결심했습니다. 나는 이 말을 내가 당신을 마지막으로 보게 되는 날 아침에 낭만적으로 과장하지 않고 담담하게 씁니다. 당신이 이 글을 읽을 때쯤이면 불안하고 불행했던 한 사내의 몸뚱이는 뻣뻣하게 굳은 채 차가운 무덤 속에 누워 있을 겁니다. 그 사내는 삶의 마지막 순간까지 당신과 함께 있는 일보다 더 달콤한 즐거움을 알지 못했습니다. 나는 끔찍한 밤을 보냈습니다. 아니, 행복한 밤이었습니다. 죽으려는 결심을 굳힌 사람은 당신입니다. 어제 나는 분하기 짝이 없는 마음으로 당신의 집을 뛰쳐나왔고, 그 모든 것이 내 가슴을 얼마나 짓눌렀는지 모릅니다. 기쁨도 희망도 없이 그저 당신 곁을 맴도는 내 신세를 생각하니 서늘한 냉기가 끔찍하도록 온몸을 휘감았습니다. 나는 방에 들어오자마자 나도 모르게 무릎을 꿇었습니다. 오, 하느님! 당신은 쓰디쓴 눈물로 마지막 위로를 허락하셨습니다. 내 머릿속에 온갖 생각이 밀려들었습니다. 그러나 끝까지 변함없이 남은 것은 오직 한 가지, 죽겠다는 생각뿐이었습니다. 나는 번민을 끝내고 당신을 위해 희생합니다. 이는 의심의 여지 없는 분명한 사실입니다. 로테, 우리 세 사람 가운데 한 사람이 가야 한다면 내가 바로 그 사람입니다. 숨길 이유가 없는 사실이지요. 이 찢어진 가슴에 한 사람을 죽여야 한다는 생각이 사납게 밀어닥칠 때가 한두 번이 아니었습니다. 나를 죽여야 한다는 생각 말입니다. 그렇게 되었습니다. 어느 아름다운 여름날 저녁 산에 오르거든 내가 그리도 즐겨 찾던 골짜기를 보면서 내 생각을 해주십시오. 높게 자란 풀잎이 지는 햇살을 받으며 바람에 나부낄 때면 교회 묘지 너머 내 무덤을 바라봐 주십시오. 이 글을 쓰기 시작할 때는 차분한 마음이었는데, 이 모든 것이 눈앞에 생생하게 떠오르는 지금 나는 어린아이처럼 울고 있습니다.

베르터는 열 시경에 옷을 차려입으면서 하인을 불렀다. 그는 하인에게 며칠 여행을 떠날 계획이니 옷을 모두 손질해 짐을 꾸리기 좋게 준비해두라고 했다. 그리고 돈을 지급할 곳이 있으면 빠짐없이 계산서를 청구하고, 빌려준 책을 찾아오라고 시켰다. 아울러 자신이 매주 돈을 보태주고 있는 가난한 사람들에게는 두 달 치를 미리 주라는 말도 잊지 않았다.

베르터는 음식을 방으로 가져오라고 지시했다. 식사를 마친 후 정무관을 만나러 갔지만 그는 집에 없었다. 그는 생각에 잠겨 정원을 거닐었다. 마지막으로 슬픈 기억들을 마음속에 차곡차곡 쌓으려는 것 같았다.

오래지 않아 아이들이 베르터에게 달려들었다. 아이들은 그의 뒤를 쫓아다니고 매달리며 내일, 모레, 글피에 로테가 크리스마스 선물을 줄 거라고 했다. 그리고 아이다운 상상력에서 우러나온 기적을 이야기했다. 베르터도 "내일, 모레, 글피!" 하고 외치면서 아이들 모두에게 진심을 담아 입맞춤을 했다. 베르터가 그곳을 떠나려고 할 때 한 아이가 그의 귀에 대고 속삭였다. 그 꼬마는 형들이 벌써 예쁜 연하장을 만들었는데, 그것이 아주 크다고 알려주었다. 그리고 아버지께 한 장, 알베르트와 로테에게 한 장, 베르터에게도 한 장 썼으며 연하장은 새해 아침에 주기로 했다고 털어놓았다. 이 말을 듣는 순간 베르터는 감정이 북받쳤다. 그는 아이들에게 얼마씩 쥐여주고는 말에 올라 아버지께 안부를 전해달라고 말한 후 눈물을 글썽이며 그곳을 떠났다.

베르터는 다섯 시경에 집으로 돌아와 하녀에게 불을 살피고 밤까지 꺼뜨리지 말라고 했다. 하인들에게도 책과 속옷을 트렁크 아래쪽에 넣은 다음 그 위에 옷가지를 놓은 후 트렁크를 닫으라고 일렀다. 아마도 그런 다음 로테에게 보내는 마지막 편지의 다음 구절을 쓴 것으로 보인다.

당신은 내가 오지 않으리라 생각하지요? 당신 말대로 얌전히 기다리다가 크리스마스이브에나 올 거라고. 아, 로테! 오늘이 아니면 영원히 당신을 보지 못할 겁니다. 크리스마스이브에 당신은 이 편지를 받아보겠지요. 그리고 뜨거운 눈물로 편지를 적시겠지요. 나는 갑니다. 가야 합니다! 결심하고 나니 마음이 참으로 홀가분하군요.

그러는 가운데 로테의 마음은 기이한 상태에 빠졌다. 베르터와 마지막으로 이야기를 나눈 후 그녀는 베르터와 떨어지는 일이 얼마나 힘든 일인지 느꼈고, 그도 자신한테서 떨어지면 얼마나 괴로워할지 짐작이 되었다.

로테는 알베르트 앞에서 크리스마스이브 전에는 베르터가 오지 않을 거라고 지나가는 말로 이야기했다. 알베르트는 업무상 처리할 일이 있어 말을 타고 이웃 마을에 사는 관리를 찾아갔는데, 그곳에서 하룻밤을 묵어야 했다.

로테는 혼자 앉아 있었다. 곁에 동생들도 없었으므로 자신이 처한 상황에 생각이 가는 대로 내버려두었다. 남편과는 영원히 맺어진 관계였다. 남편의 사랑과 정절을 믿었고, 남편을 진심으로 좋아했다. 그의 침착하고 믿음직한 성품은 착실한 아내에게 행복한 삶을 보장해주기 위해 하늘이 주신 선물처럼 여겨졌다. 한편 베르터도 지극히 소중한 사람이 되어 있었다. 처음 만난 순간부터 두 사람의 마음이 서로 통한다는 사실이 참으로 아름답게 드러났고, 그와 오랫동안 교제하면서 잊지 못할 감동을 받은 적도 많았다. 자신의 느낌과 생각을 베르터와 나누는 일에 익숙해져 있었고, 그와 멀어지자니 자신의 인생에 다시는 채울 수 없는 구멍이 뚫릴 것만 같았다. 로테는 베르터를 당장 형제로 만들 수 있으면 얼마나 좋을까 하고 생각했다. 베르터를 자신의 친구들 가운데 하나와 결혼시킨다면 그와 알베르트의 관계도 회복될 것 같았다.

로테는 친구들을 차례로 떠올려보았으나 베르터에게 어울릴 만한 짝을 찾을 수 없었다. 누구에게나 한 가지씩 빠지는 데가 있었다.

이 모든 정황으로 미루어보건대 로테는 스스로 인정하지는 않았지만, 베르터를 곁에 두고 싶은 마음속의 은밀한 욕망을 비로소 느낀 것 같았다. 그러나 그를 곁에 둘 수도 없고, 곁에 두어서도 안 된다고 자신을 타일렀다. 평소 순수하고 아름다운 마음으로 그토록 명랑해지려고 애썼던 로테가 행복의 가능성이 모두 차단된 듯한 우울감에 휩싸였다. 로테의 가슴은 답답했고 그녀의 눈은 먹구름이 낀 듯했다.

그렇게 여섯 시 반이 되었을 때 로테는 베르터가 계단을 올라오는 소리를 들었다. 그의 발걸음 소리와 자신을 찾는 그의 목소리를 금세 알아들을 수 있었다. 베르터가 올 때 로테가 이토록 가슴 뛴 일은 아마도 그날이 처음이었을 것이다. 로테는 집에 없다고 속이고 싶었다. 그러다 베르터가 들어오자 그녀는 당황해서 열띤 목소리로 "약속을 안 지키셨네요" 하고 말했다. 그는 "약속한 적 없는데요" 하고 대답했다. 그러자 로테가 대꾸했다.

"그렇더라도 제 부탁을 들어주셨어야죠. 우리 모두를 위해 부탁드린 건데요."

로테는 자신이 무슨 소리를 하는지도 몰랐다. 베르터와 단둘이 있는 상황에서 벗어나기 위해 친구들을 부르러 사람을 보내면서도 제정신이 아니었다. 베르터는 가져온 책 몇 권을 내려놓고 다른 가족들은 어디 있느냐고 물었다. 로테는 친구들이 와주기를 바라면서도 한편으로는 오지 않기를 바랐다. 그때 하녀가 돌아와 두 친구 모두 못 온다고 전했다.

로테는 하녀에게 옆방에서 일을 하라고 시키려다가 생각을 바꾸었다. 베르터는 방 안을 왔다 갔다 했고, 그녀는 피아노 쪽으로 걸음을 옮겼다. 미뉴에트를 연주하기 시작했으나 도중에 자꾸 막혔다. 로테는 마음을 가다듬고 태연하게 베르터 옆에 앉았다. 그는 늘 앉던 소파에 앉아 있었다. 로테가 "읽을거리가 없나요?" 하고 물었다. 베르터는 아무것도 갖고 있지 않았다. 그녀가 말했다.

"내 서랍에 당신이 번역한 오시안의 시가 있어요. 아직 안 읽었어요. 당신이 읽어주기를 바랐거든요. 그동안 그럴 시간도 없었고, 그럴 기회를 만들 수도 없었어요."

베르터는 미소를 지으며 시를 쓴 원고를 가져왔다. 그 원고를 손에 잡는 순간 온몸에 전율이 일었다. 그리고 시를 들여다보자 두 눈에 눈물이 가득 고였다. 베르터는 자리에 앉아 시를 읽기 시작했다.

저물어가는 밤하늘의 별이여! 서쪽 하늘에서 아름답게 반짝이는구나. 너는 구름을 헤치고 빛나는 머리를 들어 네 언덕을 향해 당당하게 나아간다. 저 황야에서 무엇을 찾느냐? 휘몰아치던 바람은 잦아들었다. 저 멀리 급류 흐르는 소리가 들리고, 철썩이는 파도가 바위를 어루만지는구나. 밤벌레가 윙윙 소리를 내며 들판을 떼 지어 날아간다. 아름다운 빛이여, 지금 어디를 바라보는가? 너는 미소만 던지고 가버리는구나. 파도가 기분 좋게 너를 감싸고, 사랑스러운 머리칼을 씻어주누나. 고요한 빛이여, 안녕히! 나타나라! 그대 찬란한 빛이여! 오시안의 영혼이여!

그러자 힘차게 빛이 비친다. 죽은 내 친구들이 보이는구

나. 지난날처럼 로라를 둘러싼 그들의 모습. 짙은 안개 기둥과도 같이 핑갈이 온다. 영웅들의 호위를 받으며 온다. 보라! 음유시인들이 온다. 백발의 울린! 건장한 리노! 사랑스러운 알핀! 그리고 그대 흐느끼듯 노래하는 미노나! 친구들이여, 어찌 이리도 변했는가? 우리는 셀마의 축제에서 노래로 명예를 다투었지. 언덕을 넘나드는 봄바람이 나지막이 속삭이는 풀잎들을 눕히듯이.

그때 아름다운 미노나가 앞으로 나섰다. 내리깐 눈에는 눈물이 고였고, 언덕을 넘어온 사나운 바람에 그녀의 머리칼이 마구 날렸다. 미노나의 아름다운 노랫소리에 영웅들은 정신이 몽롱해졌다. 때로는 살가르의 무덤이 보이고, 때로는 하얀 콜마의 슬픔에 잠긴 어두운 방이 보였다. 콜마는 언덕에 홀로 남았다. 어여쁜 목소리만 함께 남았다. 살가르는 오겠다고 약속했지만, 사위는 어둠이 내려앉았다. 언덕에 홀로 앉아 부르노니, 콜마의 노래를 들어라.

콜마 밤이 되었건만 나는 폭풍의 언덕에 홀로 외로이 있네. 바람 소리는 산을 헤집고, 바위 사이로 계곡물이 흐느낀다. 비를 피할 오두막도 없이 나는 폭풍의 언덕에 버려졌구나.

달이여, 구름을 벗어나라! 별들이여, 밤을 비추어라! 내님이 있는 곳을 가르쳐다오. 사냥에 지친 내 님이 활을 내려놓고 쉬는 곳. 사냥개들도 내 님 곁을 맴도는데, 물이끼 흐르는 골짜기 언덕에 나는 어이 홀로 앉아 있는가? 물소리, 폭풍 소리 저리도 요란한데, 내 님의 목소리는 들리지 않네.

살가르는 어찌 아니 오시는가? 약속을 잊었단 말인가? 바위도 나무도 여기에 있고, 골짜기 시냇물도 그대로인데. 밤이 오면 돌아온다고 말한 사람아, 어디서 길을 잃고 헤매고 있는가? 나의 살가르! 위풍당당한 아버지와 오라비를 버리고 그대와 함께 달아나려 했건만! 그대와 나의 종족은 서로가 원수. 하지만 우리는 그렇지 않아. 오, 살가르!

오! 바람이여, 잠시만 멈춰다오! 흐르는 물이여, 잠시만 침묵해다오! 내 목소리 계곡에 울려 퍼지면 떠난 님이 내 목소리 행여 들을까? 살가르! 내가 부르고 있어요! 나무도 바위도 여기 있어요. 살가르, 내 사랑! 나는 여기 있는데, 그대는 왜 오지 않는 건가요?

보라! 달이 떠오르고 계곡물이 반짝인다. 잿빛 바위가 언덕 위로 솟았다. 이리 높은 언덕에서 둘러보아도 그 사람은 어디에도 보이지 않네. 앞서 달려와 님이 오는 소식을 알리던 개들도 보이지 않네. 나만 홀로 이곳을 지키고 있네.

저 아래 황야에 누운 자 누구인가? 내 님인가? 내 오라비인가? 말을 하세요! 어찌 말이 없나요? 아! 내 마음이 어찌 이리도 불안한가? 아! 그들은 죽었다. 칼은 피로 물들었다. 오라버니, 오라버니, 어찌 살가르를 죽였나요? 살가르, 살가르, 어찌 오라비를 죽였나요? 내게는 모두 소중한 사람인데. 당신은 언덕 위 수많은 용사 가운데서도 빼어났고, 오라비는 누구나 두려워하는 용사였어요. 대답하세요! 내 목소리가 안 들리나요? 내 사랑하는 사람들아! 그들은 말이 없구나. 영원히 말이 없구나. 그들의 가슴은 흙처럼 차갑다.

오! 언덕 위 바위에서, 치솟은 산봉우리에서, 말해줘요, 망자의 혼령이여! 말해줘요, 나는 두렵지 않으니. 그대들은 어디로 갔나요? 어느 산, 어느 골에서 그대들을 찾나요? 바람 속에 아무 소리도 들리지 않네. 언덕에 몰아치는 폭풍에 아무런 대답도 실려오지 않네. 나는 슬픔에 젖어 날이 밝도록 눈물을 흘린다. 바람이여! 폭풍이여! 망자의 친구들이여! 무덤을 파헤쳐라. 그리고 내가 갈 때까지 무덤을 덮지 마라. 내 삶은 꿈처럼 사라져가니, 내 어찌 홀로 살아가리오! 나는 이곳 계곡물 흐르는 바위에서 그들과 함께 살리라. 언덕에 밤이 오고 황야에 바람이 불면, 내 영혼은 부는 바람 속에 그들의 죽음을 애도하리라. 오두막의 사냥꾼은 내 목소리를 듣고 두려움에 떨겠지. 하지만 곧 내 목소리를 사랑하리라. 나는 감미로운 목소리로 애도하리라. 두 사람 다 내게는 소중했으니!

이것이 미노나의 노래였다. 오, 토르만의 딸 미노나는 얼굴을 붉혔고, 우리는 콜마를 위해 눈물을 흘렸다. 우리 마음은 어두워졌다.

울린이 하프를 들고 나왔으며, 알핀이 노래를 불렀다. 알핀의 목소리는 부드러웠고, 리노의 영혼은 불빛이었다. 그들의 집은 비좁았지만, 그들의 목소리는 셀마에 울려 퍼졌다. 언젠가 영웅들이 쓰러지기 전, 울린은 사냥에서 돌아오는 길에 언덕에서 영웅들이 노래를 겨루는 소리를 들었다. 부드럽지만 슬픈 그 노래. 그들은 으뜸 영웅 모라르의 죽음을 읊었다. 모라르의 정신은 핑갈의 정신과도 같았고, 그의 칼은 오스카의 칼에 견주었다. 그러나 그는 죽고, 그의 아비가 슬퍼하는구나. 누이의 눈에, 미노나의 눈에 눈물이 가득 고였다. 용감한 모라르의 누이여! 울린의 노래에 미노나는 물러났다. 다가올 폭우를 저어하여 구름에 어여쁜 얼굴을 가리는 서쪽 하늘의 달과도 같이. 나는 슬픔의 노래에 맞추어 울린과 더불어 하프를 탔다.

리노 바람도 비도 잦아들고, 한낮은 이리도 청명하구나. 구름도 산산이 흩어진다. 태양은 언덕을 비추며 날아가고, 산골짝 시냇물은 붉게 물들어 졸졸졸 소리 내며 흘러가누나. 내 귀에 더 아름다운 목소리가 들리니, 그것은 알핀의 목소리로다! 망자의 죽음을 애통해하는구나. 나이 든 머리를 숙이고, 눈물 어린 눈을 붉힌 채, 알핀이여! 훌륭한 가인(歌人)이여! 그대는 어찌 말 없는 언덕에 홀로 섰는가? 어찌하여 숲 속에 이는 바람처럼, 머나먼 해변의 파도처럼 그리도 구슬피 우는가?

알핀 리노여! 내 눈물은 망자들을 위한 것이며, 내 목소리는 무덤 속에 누운 자를 위한 것이도다. 언덕에 선 그대는 늘씬하구나. 황야의 아들들 가운데 빼어나도다. 그러나 그대 또한 모라르처럼 쓰러져, 그대 무덤에 앉아 슬퍼하는 자 있으리라. 언덕은 그대를 잊을 것이고, 그대의 활은 시위가 풀린 채 집에 남으리라.

오, 모라르여! 그대는 언덕을 달리는 노루처럼 날랬고, 밤하늘에 타오르는 불과 같이 무서웠다. 그대의 분노는 폭풍 같았고, 전장에서 휘두르는 칼은 황야에 내리치는 번개 같았다. 그대 목소리는 비 온 후 숲 속을 흐르는 시냇물과 같았고, 멀리 떨어진 언덕 위에 울리는 천둥과도 같았다. 많은 사람이 그대 손에 쓰러졌고, 그대는 분노의 불꽃으로 그들을 삼켰다. 전장에서 돌아온 그대의 표정은 얼마나 편안했던가? 그대의 얼굴은 뇌우가 지난 후의 태양 같았고, 고요한 밤하늘의 달과 같았다. 바람이 잠든 호수와도 같이 그대의 가슴은 평온했다.

지금 그대의 집은 비좁고, 그대의 잠자리는 어둡다. 그대의 무덤은 세 걸음 만에 끝난다. 오, 그대! 그토록 위대했던 자여! 이끼 낀 네 개의 머릿돌만이 그대를 기리는 유적이로다. 용맹을 떨치던 모라르였건만, 사냥꾼의 눈에 비친 그의 무덤은 앙상한 나무 한 그루와 바람에 살랑대는 무성한 수풀뿐이다. 그대를 위해 울어줄 어머니도 없고, 사랑의 눈물을 흘려줄 처녀도 없다. 그대를 낳은 이는 죽었고, 모르글란의 딸도 죽었다.

누구인가? 지팡이에 몸을 의지한 그대. 누구인가? 나이 들어 하얗게 센 머리에 눈물로 빨갛게 충혈된 두 눈. 오! 모라르, 네 아버지로다! 외아들 모라르의 아버지로다. 아버지는 전장에서 날린 네 명성을 들었고, 뿔뿔이 도망치는 적군 이야기도 들었다. 아들의 명예는 알았지만, 그의 상처는 몰랐던가? 울어라, 모라르의 아버지여! 울어라! 그러나 그대의 아들은 그 울음소리를 듣지 못할 것이다. 먼지만 베고 누운 채 깊은 영면에 들어 있으니. 영원히 그 목소리 듣지 못할 것이다. 아무리 불러도 깨지 못할 것이다. 아! 언제나 무덤에 아침이 찾아와 잠든 그대들을 깨워주려나.

고이 잠들라, 고귀한 자여! 전장의 정복자여! 다시는 전장을 보지 못할 것이다. 다시는 번득이는 그대 칼날이 어두운 숲을 비추지 못할 것이다. 아들 하나 남기지 않은 그대여, 네 노래가 이름을 기억하리니, 미래에도 그 이름 남으리로다. 전사한 모라르의 이름이로다.

들의 통곡 소리 드높았으나, 아르민의 한숨 소리 가장 크구나. 젊어서 전사한 아들 생각에 깊은 한숨만 토하는구나. 아르민 곁에 앉은 사람은 누구인가? 명성 높은 갈말의 영주 카르모르다. 카르모르가 말하길, 아르민의 한숨이 어찌 그리 비통한가? 지금 울 일이 무엇인가? 노랫가락 흘러 마음을 녹이고 흥을 돋우니, 호수에 피어오른 부드러운 안개가 골짜기에 퍼지는 듯하구나. 안개 속에 꽃들이 만발했고, 태양이 힘차게 떠올라 안개를 몰아냈다. 그대는 어찌하여 비탄에 젖었는가? 호수에 둘러싸인 고르마의 지배자여.

그렇다. 나는 비탄에 젖었다. 하찮은 이유라면 이리 슬플까? 카르모르여, 그대는 아들을 잃지 않았다. 꽃다운 딸도 잃지 않았다. 용감한 콜가르는 살아 있고, 아리따운 처녀 아니라도 살아 있다. 그대의 일족은 번창하는데, 오! 카르모르, 내 문중에는 나만 남았다. 오, 다우라! 네 잠자리는 어둡고, 무덤 속의 잠은 답답하다. 언제 깨어나 아름다운 목소리로 노래할 건가? 일어라, 가을바람이여! 일어라! 어두운 황야에 몰아쳐라! 숲 속 냇물이여, 소리 내어 흘러라! 폭풍이여, 떡갈나무 우듬지에서 울부짖어라! 오, 달이여! 구름을 뚫고 다니며 이따금이나마 창백한 네 얼굴을 보여다오. 내 자식들이 죽은 그 끔찍한 밤을 떠올리게 해다오. 용맹한 아린달이 전사하고, 사랑스러운 다우라가 사라진 그 밤을.

내 딸 다우라야! 어여쁜 내 딸아! 푸라 언덕 위에 걸린 달처럼 아름답고, 눈처럼 희고, 들이쉬는 공기처럼 감미로웠던 아가! 아린달아! 네 활은 강했고, 전장을 누비는 네 창은 빨랐다. 네 눈빛은 물결 위의 안개와도 같았고, 네 방패는 폭풍 속에 피어오르는 불 구름과 같았다.

전장의 영웅 아르마르가 찾아와 다우라에게 구애했다. 다우라는 머지않아 허락했고, 친구들의 기대는 아름다웠다.

오드갈의 아들 에라트는 분했다. 아르마르가 동생을 때려죽였다. 에라트는 뱃사공으로 변장하고 왔다. 파도 위의 나룻배는 아름다웠다. 나이 탓에 허옇게 센 곱슬머리에 진지한 얼굴은 태연도 해라. 에라트가 다우라에게 말하길, 처녀 가운데 으뜸 미녀여, 아르민의 사랑스러운 딸이여, 멀지 않은 바다 바위섬에, 빨간 나무열매가 손짓하는 곳에 아르마르가 그대를 기다린다. 나는 파도가 일렁이는 바다를 건너 아르마르의 사랑을 전하러 왔다.

다우라는 에라트를 따라갔다네. 아르마르를 불러도 대답이 없네. 바위에 부딪히는 파도 소리뿐. "아르마르여! 내 님이여! 내 님이여! 어찌 나를 걱정시키나요? 들리나요? 아르나트의 아들이여! 들리나요? 다우라가 왔어요. 당신을 부르고 있어요!"

에라트는 웃으며 육지로 달아났다. 다우라는 목청을 높여 아버지와 오라비의 이름을 불렀다. 아린달! 아르민! 다우라를 구해줄 사람이 없나요?

다우라의 목소리가 바다를 건너 들려왔다. 내 아들 아린달이 사냥한 짐승을 들고 텁수룩한 모습으로 언덕을 내려왔다. 허리춤에 화살이 달그락거렸고, 활은 손에 쥐고 있다. 암회색 맹견 다섯 마리가 아린달을 맴돌며 따라왔다. 아린달은 해변에서 뻔뻔한 에라트를 보았다. 그를 붙잡아 떡갈나무에 묶고 엉덩이를 동여맸다. 묶인 에라트의 신음이 바람 속을 메웠다.

아린달은 다우라를 데려오려고 파도에 배를 띄웠다. 아르마르가 분기탱천하여 달려와 잿빛 깃털이 달린 화살을 쏘았다. 화살은 슝 하고 날아가, 아! 아린달! 네 가슴에 꽂혔다. 내 아들아! 에라트가 아니라 네가 죽었구나. 배가 바위 섬에 닿았을 때 아린달은 쓰러져 죽어 있었다. 오, 다우라! 네 발치에 오라비의 피가 흘렀다. 얼마나 비통했느냐? 파도에 배는 산산조각이 났다. 아르마르는 바다에 몸을 던졌다. 다우라를 구하려고 그랬을까? 아니면 죽으려고 그랬을까? 언덕에서 갑자기 폭풍이 불어와 파도가 아르마르를 삼켰다. 아르마르는 다시 떠오르지 않았다.

파도에 씻긴 바위에 홀로 서서 나는 딸의 통곡 소리를 듣는다. 딸아이는 큰 소리로 오래 외쳤다. 하지만 아비는 그 애를 구할 수가 없었다. 나는 밤새 해변에 서 있었다. 흐릿한 달빛에 딸아이가 보였다. 밤새도록 딸아이의 외침이 들렸다. 바람 소리가 요란했고, 세찬 비가 산허리를 때렸다. 아침이 채 밝기 전에 딸의 목소리는 잦아들었고, 바위 사이 풀잎을 스치는 저녁 바람처럼 사그라졌다. 다우라는 슬픔에 겨워 죽었고, 아비만 홀로 남겨놓았다. 전장에서 떨치던 내 기백은 사라졌고, 처녀들이 칭송하던 내 명예는 땅에 떨어졌다.

산에서 폭풍이 불어올 때면, 북풍에 파도가 높이 일 때면 나는 바람 소리 요란한 해변에 앉아 끔찍한 바위섬을 바라다본다. 때로는 저물어가는 달빛에 내 아이들의 혼령이 보인다. 남매는 둘 다 슬픈 모습으로 희미하게 함께 떠돌아다닌다.

로테의 눈에서 눈물이 쉬지 않고 흘러내렸다. 베르터는 낭송을 멈추었다. 그는 원고를 치우고 로테의 손을 잡았다. 그러고는 뜨거운 눈물을 흘렸다. 그녀는 다른 손으로 손수건을 들어 눈을 가렸다. 두 사람이 받은 감동은 너무도 벅찼다. 고귀한 인물들의 운명에서 자신들의 안타까운 처지를 느꼈다. 두 사람은 서로 공감했고, 눈물이 두 사람을 하나로 묶었다. 베르터의 입술과 눈길이 로테의 팔에 닿으며 뜨겁게 타올랐다. 그녀의 온몸이 전율에 휩싸였다. 로테는 떨어지려고 했으나 마치 납덩이가 내리누르는 듯, 괴로움과 동정심에 싸여 몸을 움직일 수가 없었다. 그녀는 마음을 가다듬으려 심호흡을 한 후, 흐느끼며 계속 읽어달라고 청했다. 진정한 천상의 목소리로 말이다! 베르터는 몸이 떨렸고, 가슴이 터질 듯했다. 그는 원고를 집어 반쯤 갈라진 목소리로 읊기 시작했다.

왜 나를 깨우는가, 봄바람이여? 너는 교태를 부리며 말하길, 나는 천상의 이슬방울로 너를 적신다. 그러나 이제 나는 시들 시간이 가까웠다. 내 이파리를 떨굴 폭풍도 가까이 왔다. 내일이면 방랑자가 찾아오리라. 홍안의 나를 아는 방랑자가 오리라. 그의 눈은 들판을 훑으며 나를 찾겠지만, 끝내 나를 찾아내지 못하리라.

이 구절이 불행한 베르터의 가슴을 세차게 때렸다. 그는 극도로 절망해 로테 앞에 몸을 던졌다. 그녀의 두 손을 자신의 눈에 갖다 댄 후 이마에 댔다. 그 순간 로테는 베르터의 끔직한 계획을 얼핏 예감한 듯했다. 머릿속이 혼란스러웠다. 로테는 베르터의 두 손을 꼭 쥐고 자신의 가슴에 갖다 댄 후 애처로운 몸짓으로 그에게 몸을 굽혔다. 두 사람의 달아오른 뺨이 서로 닿았다. 그 순간 두 사람은 현실을 잊었다. 베르터는 두 팔로 로테를 감고 자신의 품에 꼭 껴안았다. 그러고는 떨면서 중얼거리는 그녀의 입술에 격렬한 입맞춤을 퍼부었다. "베르터!" 로테가 헐떡이는 목소리로 외쳤다. "베르터!" 얼굴을 돌리며 거듭 외치고는 연약한 손으로 그의 가슴을 밀어냈다. "베르터!" 이번에는 고운 마음씨가 담긴 절제된 목소리였다. 베르터는 거역하지 않고 로테의 몸에서 팔을 풀었고, 넋이 나간 사람처럼 그녀 앞에 몸을 던졌다. 로테는 벌떡 일어났다. 그녀는 두려움과 혼란에 빠졌고, 사랑과 분노 사이에서 갈등했다.

"이것으로 끝이에요! 다시는 나를 못 볼 거예요."

로테는 이렇게 말하고, 가련한 베르터에게 사랑이 가득 담긴 눈길을 던지고는 서둘러 옆방으로 가 문을 잠갔다. 베르터는 로테에게 손을 뻗었지만 차마 그녀를 붙잡을 수 없었다. 그는 바닥에 쓰러진 채 머리를 소파에 올려놓고, 그 자세로 삼십 분 이상 있었다. 어떤 소리가 들려와 정신을 차려보니 하녀가 식탁을 차리려고 들어와 있었다. 베르터는 방을 왔다 갔다 했다. 하녀가 나가고 다시 혼자 남게 되자

베르터는 옆방 문으로 다가가 나지막이 로테를 불렀다.

"로테! 로테! 한 마디만 해줘요! 작별 인사라도!"

로테는 아무 말도 하지 않았다. 베르터는 기다리다 애원하고 또 기다리다, 마침내 몸을 홱 돌리고 외쳤다.

"잘 있어요, 로테! 영원히 안녕!"

베르터는 성문으로 갔다. 문지기들은 이미 베르터를 잘 알고 있던 터라 아무 소리도 하지 않고 성문 밖으로 내보내 주었다. 진눈깨비가 흩날리고 있었다. 그는 열한 시가 다 되어서야 다시 성문을 두드렸다. 베르터가 집으로 돌아왔을 때 하인은 주인이 모자를 쓰지 않은 사실을 알아차렸다. 하인은 뭐라 말할 수가 없었다. 하인이 그의 옷을 벗겼다. 옷은 모두 흠뻑 젖어 있었다. 모자는 나중에 언덕에서 골짜기로 향한 낭떠러지 앞에서 발견되었는데, 어두운 밤에 날씨도 궂은데 베르터가 어떻게 굴러떨어지지 않고 거기까지 올라갔는지 알 수 없다.

베르터는 잠자리에 들어 늦게까지 잤다. 다음 날 아침, 하인이 베르터가 부탁한 커피를 들고 방으로 들어왔을 때 그는 무언가를 쓰고 있었다. 로테에게 보내는 편지의 다음 구절이었다.

마지막으로, 마지막으로 눈을 뜹니다. 이제 내 눈은 두 번 다시 해를 보지 못할 겁니다. 해는 구름과 안개에 가렸습니다. 자연이여, 슬퍼해다오. 그대의 아들이자 벗에게, 그대의 연인에게 종말이 가까웠으니! 마지막 아침이라고 말할 때의 기분은 무엇과도 비교할 수 없는 감정입니다. 그나마 몽롱하게 꿈을 꾸는 상태에 가장 가까운 것 같습니다. 마지막! 로테, 나는 이 말의 뜻을 모르겠습니다. 마지막! 지금 이렇게 멀쩡히 살아 있는데, 내일이면 사지를 축 늘어뜨린 채 바닥에 누워 있게 되겠지요. 죽는다는 게 뭘까요? 죽음에 대해 이야기할 때 우리는 그저 상상할 뿐입니다. 나는 여러 사람의 죽음을 지켜보았습니다. 하지만 인간의 머리는 너무도 하찮은 탓에 자신의 삶이 언제 시작되고 언제 끝나는지 모릅니다. 아직은 내 삶이 당신의 삶입니다. 오, 로테. 나는 당신입니다! 그런데 어느 순간 떨어져 헤어진다고요? 아마도 영원히? 아닙니다. 아니에요, 로테! 내가 어떻게 사라집니까? 당신이 어떻게 사라질 수 있습니까? 우리는 살아 있습니다! 사라지다니! 그게 뭐란 말입니까? 그 말도 텅 빈 울림일 뿐입니다. 내게 아무런 느낌도 주지 않는 말이지요. 로테, 죽음이란 차가운 흙에 묻히는 것입니다. 어둡고 비좁은 곳에 묻히는 것입니다. 내게 여자 친구가 있었습니다. 절망적이던 소싯적에 내 모든 것이었던 친구였지요. 그 친구는 죽었습니다. 나는 그녀의 주검을 따라가 무덤가에 섰습니다. 사람들이 밧줄로 관을 내리고, 관 밑에 깔린 밧줄을 덜그럭거리며 빼낸 후 다시 끌어올렸습니다. 첫 삽의 흙이 관 위에 뿌려질 때 겁먹은 듯이 보이는 관에서 둔탁한 소리가 울렸습니다. 그 소리는 점점 더 둔탁해졌고, 마침내 관은 흙에 완전히 덮였습니다. 나는 무덤가에 풀썩 쓰러졌습니다. 나는 충격을 받았고, 무서웠으며, 내 마음은 몹시 뒤흔들리고 찢어졌습니다. 그런데도 나는 몰랐습니다. 내게 어떻게 이런 일이 일어났는지. 앞으로 무슨 일이 일어날 것인지! 죽음. 무덤. 나는 이 말들의 의미를 모르겠습니다.

용서하세요! 용서하세요, 어제 일을! 그 순간이 내 인생의 마지막이어야 했습니다. 오, 나의 천사여! 처음으로, 진정 처음으로 내 마음 저 깊은 곳에서 추호의 의심도 섞이지 않은 열락의 감정이 환하게 불타올랐습니다. 로테가 나를 사랑하는구나! 로테가 나를 사랑하는구나! 내 입술에는 아직도 당신의 입술에서 흘러온 신성한 불꽃이 타고 있습니다. 내 가슴속에는 처음 느끼는 따듯한 환희가 피어오릅니다. 용서하세요! 나를 용서하세요!

나는 당신이 나를 사랑하고 있다는 사실을 알고 있었습니다. 처음 나를 바라보던 진심이 담긴 눈빛에서, 처음 잡은 손에서 느낄 수 있었습니다. 그러나 내가 당신 곁을 떠나고 그 자리에 알베르트가 있는 모습을 보았을 때, 나는 다시 열화와 같은 의심으로 풀이 죽었습니다.

그 꽃을 기억하시나요? 당신이 내게 한 마디 말도 건네지 못하고, 내게 손도 내밀지 못했던 그 끔찍했던 모임이 끝난 후 내게 보내준 그 꽃. 나는 그 꽃 앞에 무릎을 꿇고 밤을 거의 지새우다시피 했습니다. 그 꽃은 당신의 사랑을 확인해주는 인장이었습니다. 그러나 이러한 믿음은 차츰 사라져

갔습니다. 천상의 기운이 가득한 성스러운 징후를 두 눈으로 보고도 시간이 지나면 신의 은총을 믿는 마음이 차츰 누그러지듯이.

이 모든 것은 사라집니다. 그러나 어제 내가 당신의 입술에서 만끽했던 그 이글거리는 생명력, 지금도 내 가슴에서 느껴지는 그 생명력은 어떤 영원불멸의 힘으로도 꺼지지 않을 겁니다. 로테가 나를 사랑하는구나! 내 팔은 로테를 감싸 안았고, 내 입술은 그녀의 입술에 닿아 전율했으며, 내 입은 그녀의 입과 맞닿아 중얼거렸다. 로테는 내 여인이다! 그렇습니다, 로테. 당신은 내 여인입니다. 영원히.

그런데 알베르트가 당신의 남편이라는 건 뭡니까? 남편. 그것은 이 세상의 이야기지요. 그래서 내가 당신을 사랑하는 일이, 내가 알베르트의 품에서 당신을 빼앗고 싶어 하는 마음이 이 세상에서는 죄가 되나요? 그런가요? 좋습니다. 그렇다면 나 스스로 벌을 내리겠습니다. 나는 천상의 기쁨이 온전히 깃든 죄를 맛보았고, 그 생명의 향유와 힘을 내 가슴에 빨아들였습니다. 그 순간 당신은 내 것이 되었습니다. 내 사람! 오, 로테! 내가 먼저 갑니다. 내 아버지께, 당신의 아버지께, 그분 앞에서 하소연을 할 것입니다. 그분은 당신이 올 때까지 나를 위로해주실 겁니다. 당신이 오면 나는 날아가 당신을 붙잡고, 영원불멸의 존재가 보는 앞에서 당신을 영원히 껴안고 있을 겁니다.

꿈을 꾸는 것이 아닙니다. 망상에 빠진 것이 아닙니다. 무덤 가까이에서 내 머리는 더 맑아집니다. 우리는 살아 있을 겁니다! 우리는 서로 다시 만날 겁니다. 나는 당신의 어머니를 만날 겁니다. 나는 그분을 꼭 찾을 겁니다. 그리고 그분 앞에서 내 가슴속의 모든 말을 토해낼 것입니다. 당신과 꼭 닮은 어머니 앞에서 말입니다.

열한 시경에 베르터는 하인에게 혹시 알베르트가 돌아왔는지 물었다. 하인은 "예, 그분이 탄 말이 지나가는 모습을 보았습니다"라고 대답했다. 그러자 그는 다음과 같은 내용을 적은 쪽지를 봉하지 않은 채 건넸다.

"여행을 떠날 계획이니 총을 빌려주시겠습니까? 부디 안녕히 계십시오!"

로테는 지난밤 거의 잠을 이루지 못했다. 염려하던 일이 예감하지도, 두려워하지도 않았던 방식으로 터지고 말았다. 평소 순수하고 온화하게 흐르던 피가 열병과도 같이 끓어올랐고, 온갖 감정이 그녀의 작은 가슴을 뒤흔들었다. 두 사람이 서로 껴안았을 때 그녀의 가슴에 느껴진 베르터의 불같은 열정 때문이었을까? 베르터의 대담한 행동에 대한 불쾌감 때문이었을까? 아니면 자신을 믿었고, 순결했기에 거리낄 것 없이 자유로웠던 지난날과 비교하니 현재가 불만스러웠기 때문일까? '남편을 어떻게 보나? 그 상황을 어떻게 고백해야 하나? 고백해야겠지만 용기가 나지 않는데!

알베르트와 나는 이미 오래전부터 그 문제를 입에 올리지 않았다. 그런데 하필 이렇게 부적절한 시기에 남편이 생각지도 못했을 이야기를 내가 먼저 꺼내야 하나? 단순히 베르터가 왔다는 말만 들어도 불쾌하게 생각할 텐데, 하물며 이렇게 심각한 사태를 어떻게 이야기한단 말인가? 알베르트가 이 사태를 어떤 선입관도 없이 지극히 공정하게 받아들여 줄까? 그리고 내 마음을 알아줄까? 남편에게는 언제나 내 속을 유리처럼 투명하게 보여주었고, 무슨 말이든 털어놓았다. 어떤 감정도 숨기지 않았고, 숨길 수도 없었다. 그런데 지금 남편을 속일 수 있을까?' 로테는 걱정이 꼬리에 꼬리를 물고 이어지자 혼란스러운 마음으로 앉아 있었다. 그런데 그녀의 생각은 언제나 베르터를 향하고 있었다. '이제 나는 그 사람을 잃어버렸구나. 그에게 나 자신을 허락해서는 안 되었는데! 하지만 그의 뜻대로 하도록 내버려둘 수밖에 없었다. 그 사람이 나를 잃으면 그는 모든 것을 잃는 것이다.'

그 순간 로테는 뭔지 모를 무거운 것이 가슴을 답답하게 짓누르는 듯했다. 그것은 베르터와 남편 사이에 두껍게 내려앉은 앙금이었다. 그토록 이해심 많고 그토록 선량한 두 사람이 어떤 감정상의 차이로 침묵하기 시작했다. 각자가 자신이 옳고 상대가 그르다고 생각했으며, 이러한 감정은 점점 더 복잡하게 꼬이고 단단하게 묶여 모든 것이 달린 이 중요한 시점에 그 매듭을 풀기가 불가능해 보였다. 좀 더 서로를 믿고 좀 더 일찍 다시 가까워졌더라면, 서로에게 더 많은 사랑과 배려를 보이고 마음을 열었더라면 어쩌면 우리의 친구는 구원의 여지가 남아 있었을지도 모른다.

여기에 특별한 상황이 가세했다. 베르터는 그의 편지에서 알 수 있듯이 이 세상을 하직하고 싶다는 생각을 비밀로 하지 않았다. 알베르트는 그 문제로 베르터와 자주 언쟁을 벌였고, 로테와도 종종 그 이야기를 했다. 알베르트는 자살에 극단적인 거부감이 있었으므로 그 이야기가 나오면 평소와 달리 매우 민감하게 반응했다. 알베르트는 심각하게 자살을 기도할 만한 이유를 찾을 수 없다고 했으며, 심지어 이를 두고 농담까지 하면서 자신은 그 말의 진의를 믿지 않는다고 로테에게 말했다. 로테는 안타까운 상황이 벌어질지도 모른다는 생각이 들 때면 남편이 한 말에 안심이 되었다. 그러나 그 말 때문에 걱정으로 괴롭기 짝이 없는 순간에도 속마음을 털어놓기가 어려웠다.

알베르트가 돌아왔다. 로테는 당황한 채 급하게 남편을 맞으러 나갔다. 알베르트는 기분이 좋지 않았다. 업무를 완료하지 못했으며 이웃 마을의 관리가 편협하고 융통성 없는 사람이었던 탓이다. 길이 험했던 상황도 그의 마음을 불쾌하게 했다.

별일 없었느냐는 알베르트의 물음에 로테는 매우 다급하게 어제 베르터가 왔다고 대답했다. 알베르트는 편지 온 것이 있느냐고 물었으며, 그녀는 편지 한 통과 소포 하나가 와서 그의 방에 갖다 놓았다고 대답했다. 알베르트는 자기 방으로 건너갔고, 로테는 혼자 남았다. 로테는 자신이 사랑하고 존경하는 남편의 존재가 새삼 고맙게 느껴졌다. 남편의 점잖은 성품과 사랑, 선의를 생각하니 마음이 한결 가벼워지는 듯했다. 로테는 남편의 방으로 따라 들어가고 싶은 마음이 일어 평소 하던 대로 일감을 챙겨 그리로 갔다. 알베르트는 소포를 뜯고 편지를 읽고 있었다. 몇 가지 유쾌하지 않은 내용이 있는 것 같았다. 로테는 남편에게 이것저것 물어보았지만 그는 짧게 대답한 후 입식 책상에서 무언가 쓰기 시작했다.

두 사람은 이렇게 한 시간을 함께 있었다. 로테의 마음은 점점 어두워졌다. 로테는 남편이 설사 최고로 기분이 좋은 상태라 할지언정 자신의 마음속에 있는 말을 털어놓기가 얼마나 어려운지 느끼고 있었다. 그런 속내를 감추고 눈물을 삼키려고 애쓸수록 그녀는 더욱 서글퍼지고 두려워졌다.

베르터의 심부름을 온 아이를 보자 로테는 크게 당황했다. 아이는 알베르트에게 쪽지를 건넸다. 알베르트는 아내를 향해 아무렇지도 않게 "저 아이에게 총을 내줘요"라고 말했다. 그리고 아이한테는 "여행 잘 다녀오시라고 전해라" 하고 말했다. 그 말에 로테는 번개를 맞은 듯했다. 그녀는 비틀거리며 자리에서 일어났다. 제정신이 아니었다. 천천히 벽 쪽으로 다가가 떨리는 손으로 총을 내린 후 먼지를 닦고 머뭇거렸다. 알베르트가 뭐 하느냐고 묻는 눈길로 재촉

하지 않았다면 더 오래 망설였을 것이다. 로테는 아이에게 그 불길한 물건을 건네면서 한 마디도 할 수가 없었다. 아이가 돌아가자 그녀는 일감을 주섬주섬 챙겨 자기 방으로 갔다. 이루 말할 수 없는 초조감에 휩싸였고, 온갖 불길한 예감이 가슴을 채웠다. 당장이라도 남편 발아래 엎드려 어제 일어난 일과 자신의 잘못 그리고 예감까지 모두 털어놓고 싶었다. 그러나 그리 한다고 해도 뾰족한 수가 생기지 않을 거라는 생각이 들었다. 남편을 베르터에게 보내 설득시키는 일은 어림도 없어 보였다. 식탁이 차려졌다. 로테의 친구가 뭐 좀 물어보러 왔다가 바로 돌아가려고 했다. 그러나 그 친구가 그냥 가지 않고 식사를 함께한 덕분에 식사 시간은 참을 만했다. 어쩔 수 없이 말을 하고, 수다를 떨고, 걱정거리를 잊었다.

심부름 보낸 아이가 총을 받아 베르터에게 돌아왔다. 로테가 직접 건네주었다는 말에 그는 얼굴에 화색을 띠며 총을 받았다. 그는 빵과 포도주를 가져오라고 시킨 후 아이에게 식사하러 가라고 말했다. 그리고 자리에 앉아 편지를 쓰기 시작했다.

총이 당신의 손을 거쳤더군요. 당신이 먼지를 닦아냈어요. 나는 총에 수없이 입을 맞추고 있습니다. 당신이 이 총을 만졌습니다. 천상의 정령인 당신이 이렇게 내 결단을 돕는군요. 로테, 당신이 이 물건을 내게 전해주었습니다. 나는 당신의 손에서 죽음을 맞이하고 싶었습니다. 오! 이제 그 소원이 이루어지겠군요. 나는 심부름 갔던 아이에게 꼬치꼬치 물어보았습니다. 당신은 떨면서 권총을 내주었고, 작별 인사는 안 하셨다고요. 아! 너무합니다. 작별 인사조차 안 하시다니! 내가 당신과 영원히 하나가 된 그 순간 때문에 마음의 문을 닫으셨나요? 로테, 백년의 세월이 흐른다고 해도 그 기억은 사라지지 않을 겁니다. 그리고 나는 압니다. 당신 때문에 이토록 가슴을 불태우는 사람을 당신은 미워할 수 없다는 사실을.

식사를 마친 후 베르터는 심부름하는 아이에게 짐을 모두 꾸리라고 지시했다. 많은 서류를 찢어버리고, 밖으로 나가 소소한 빚을 청산했다. 집으로 돌아왔다가 다시 성문 앞으로 나갔다. 비가 오는데도 아랑곳하지 않고 백작의 정원을 거닌 후 날이 저물자 돌아와 편지를 썼다.

빌헬름, 마지막으로 숲과 들판과 하늘을 보고 왔다. 너도잘 있어! 어머니, 저를 용서하세요. 빌헬름, 네가 어머니를 위로해드렸으면 한다. 두 사람에게 신의 축복이 내리기를! 내 일은 모두 정리되었다. 잘 있어! 좀 더 유쾌한 모습으로 다시 만나자.

알베르트, 당신의 은혜를 원수로 갚았습니다. 부디 용서해주시오. 나는 당신 가정의 평화를 깨뜨렸고, 두 사람 사이에 불신을 불러일으켰습니다. 잘 있어요! 이제 모든 것을 끝내려고 합니다. 아, 내 죽음으로 두 사람이 행복해질 수 있다면! 알베르트, 천사를 행복하게 해주십시오. 신의 축복이 당신에게 깃들기를!

그날 저녁에도 베르터는 많은 서류를 끄집어냈고, 많은 것을 찢어 난로에 던졌다. 짐 몇 개에는 빌헬름의 주소를 적고 봉했다. 짐 속에는 몇 가지 짧은 작문과 생각을 적바림한 원고도 들어 있었는데, 나는 그 가운데 여러 원고를 보았다. 베르터는 열 시가 되자 하인에게 불을 더 지피라고 말했다. 그리고 포도주 한 병을 가져오게 한 후 가서 자라고 말했다. 하인의 방은 다른 식구들의 방과 마찬가지로 건물 뒤쪽 깊숙이 있었다. 하인은 다음 날 아침에 준비를 일찍 끝내기 위해 옷을 입은 채 잠자리에 들었다. 우편마차가 여섯 시 이전에 집 앞에 당도할 거라고 주인에게 들었기 때문이다.

열한 시가 지난 시각.

사위가 고요하고 내 마음도 평온합니다. 하느님, 이 마지막 순간에 이 같은 온기와 활력을 주셔서 고맙습니다.

나는 창가에 서서 하늘을 바라봅니다. 몰려 지나가는 구름 사이로 언뜻언뜻 비치는, 영원한 하늘의 별을 몇 개 바라봅니다. 그래, 너희는 떨어지지 않으리라. 영원불멸의 하느님이 너희를 가슴에 품고 계시니 말이다. 그분은 나 또한 품고 계신다. 나는 북두칠성의 손잡이별을 보고 있습니다. 내가 가장 좋아하는 별이지요. 밤에 당신의 집에서 돌아올 때 문을 나서면 이 별이 나를 마중 나와 있었습니다. 얼마나 황홀하게 바라보았는지! 때로는 두 손을 높이 쳐들고 그 별을 내가 그 순간 느끼는 행복의 징후로, 신성한 표석으로 만들었습니다. 그리고 당신은 여전히 나를 에워싸고 있습니다. 아, 로테! 무엇인들 당신을 생각나지 않게 하는 것이 있겠습니까? 나는 성스러운 당신이 만진 것이라면 아무리 사소한 것이라도 어린아이처럼 모두 끌어모았습니다.

사랑스러운 실루엣! 로테, 나는 이 그림을 유품으로 남깁니다. 부디 이 그림을 소중하게 간직해주세요. 수천 번, 수만 번 나는 이 그림에 입맞춤을 했습니다. 외출할 때, 집으로 돌아왔을 때 그 그림을 보고 인사한 적이 수없이 많았습니다.

당신의 아버님께 내 유해를 거두어달라는 청을 적어 전달했습니다. 교회 뜰에 보리수 두 그루가 있습니다. 뒤쪽, 들판으로 향하는 모퉁이에 말입니다. 나는 그곳에 잠들고 싶습니다. 아버님은 그리 해주실 수 있는 분이고, 친구를 위해 그리 해주시리라 믿습니다. 하지만 당신도 청을 드려주세요. 가련하고 불행했던 내가 감히 독실한 기독교 신자들 옆에 누울 수는 없는 노릇이니까. 아, 차라리 나를 길가 또는 한적한 골짜기에 묻어주면 좋겠습니다. 그러면 지나가던 제사장과 레위 사람도 묘석을 보고 내 명복을 빌어줄 것이고, 사마리아 사람은 눈물을 흘려줄 것입니다.

로테! 나는 차갑고 끔찍한 잔을 들어 황홀한 죽음을 들이 켜는 일이 겁나지 않습니다. 당신이 건넨 잔이니 나는 머뭇 거리지 않을 겁니다. 이리하여 내 모든 소망과 염원이 이루 어졌습니다. 모두! 모두! 사후 세계로 이끄는 철문이 아무 리 차갑고 군건할지라도 나는 그 문을 두드릴 것입니다.

로테! 당신을 위해 죽는 행복을 맛볼 수 있다면! 당신을 위해 나를 희생할 수 있다면! 당신의 삶이 평온과 행복을 회 복할 수 있다면 나는 용감하게, 즐거운 마음으로 죽을 겁니 다. 그러나 친구들을 위해 피를 흘리고, 자신의 죽음으로 친 구들의 삶을 수백 배로 행복하게 만드는 일은 몇몇 고귀한 사람에게만 허락된 일이었습니다.

나를 입은 옷 그대로 묻어주세요. 당신이 이 옷을 만졌으 므로 이 옷은 신성한 물건이 되었습니다. 당신 아버님께도 그리 해달라고 청을 드렸습니다. 내 마음은 관 위를 떠돕니 다. 사람들이 내 옷의 주머니를 뒤지지 못하도록 해주십시 오. 이 분홍색 리본은 내가 당신을 처음 보았을 때, 아이들 사이에 있던 당신이 가슴에 드리웠던 것입니다. 아! 아이들 에게 입맞춤을 해주세요. 그리고 불행한 친구의 운명을 이 야기해주세요. 내 주변에 몰려들던 사랑스러운 아이들. 아! 당신을 처음 본 그 순간부터 나는 얼마나 당신에게 끌렸던 지! 나는 한시도 당신을 놓을 수가 없었습니다. 이 리본을 나와 함께 묻어주세요. 내 생일에 당신이 선물하셨지요. 나 는 그 모든 것을 넙죽 받았습니다. 그 길이 나를 이곳으로

데려올 줄은 생각지도 못하고 말입니다. 진정하세요! 제발
진정하세요! 총은 장전되었습니다. 시계가 열두 시를 치는
군요. 이제 갑니다. 로테! 로테! 잘 있어요! 잘 있어요!

이웃 사람이 화약의 섬광을 보고 총성을 들었다. 그러나
그 후 아무 소리도 들리지 않았으므로 더는 개의치 않았다.

아침 여섯 시에 하인이 등불을 들고 들어와 보니 주인이
바닥에 쓰러져 있었다. 총이 보였고, 피가 낭자했다. 하인
은 비명을 지르며 주인을 끌어안았다. 주인은 아무 대답도
하지 않고 쌕쌕 하는 소리만 냈다. 하인은 의사에게로, 알베
르트에게로 달려갔다. 로테는 초인종 소리를 듣자 사지가
덜덜 떨렸다. 남편을 깨웠다. 두 사람 모두 잠자리에서 일
어났다. 하인은 흐느끼며 더듬더듬 소식을 전했다. 로테는
알베르트 앞에서 의식을 잃고 쓰러졌다.

의사가 도착했다. 이미 손을 쓰기에 늦은 상황이었다. 맥
은 뛰고 있었지만 그의 사지는 모두 마비되었다. 베르터는
오른쪽 눈 위에 총구를 대고 쏘았고, 총알이 머리를 관통했
다. 뇌수가 밖으로 나와 있었다. 별 소용이 없는 줄 알면서
도 의사는 팔의 혈관을 째고 사혈을 했다. 그는 아직 숨이
붙어 있었다. 의자 등받이에 묻은 혈흔으로 미루어보건대
그는 책상 앞에 앉은 채 자살을 결행했다. 그러고는 바닥으
로 굴러떨어져서 경련을 일으키며 의자 주변을 뒹군 것으
로 추정되었다. 베르터는 창문을 향한 채 등을 바닥에 대고

힘없이 쓰러져 있었다. 그는 옷을 다 차려입은 상태였고, 장화도 신고 있었다. 파란 연미복에 노란 조끼였다.

베르터의 집은 물론 이웃과 마을 전체가 발칵 뒤집혔다. 알베르트가 도착했다. 사람들이 베르터를 침대에 눕혀 놓았다. 그의 이마에 붕대가 감겨 있었다. 그의 얼굴은 이미 죽은 사람의 얼굴과 다를 바 없었다. 베르터의 팔다리는 전혀 움직이지 않았다. 허파만이 끔찍이도 쌕쌕거렸다. 때로는 약하게, 때로는 강하게 쌕쌕거렸다. 사람들은 그의 숨이 끊어지기를 기다렸다.

베르터는 포도주를 한 잔만 마신 상태였고, 입식 책상 위에는 《에밀리아 갈로티》가 펼쳐져 있었다.

알베르트가 받은 충격이나 로테의 슬픔에 대해서는 이야기하지 않겠다.

나이 든 정무관은 소식을 듣고 한달음에 달려왔다. 그는 뜨거운 눈물을 흘리며 죽어가는 베르터에게 입을 맞추었다. 뒤이어 정무관의 큰 아들들이 걸어왔다. 그들은 침대 곁에 쓰러지며 억누를 수 없는 슬픔을 감추지 않고 그의 손과 입에 입맞춤을 했다. 베르터가 가장 좋아했던 장남은 그의 숨이 끊어질 때까지 자신의 입술을 떼지 않아 사람들이 억지로 떼어놓아야 했다.

베르터는 정오에 숨을 거두었다. 정무관이 앞장서서 지휘한 덕분에 큰 소동은 일어나지 않았다. 밤 열한 시에 베르터는 자신이 고른 작은 땅에 묻혔다. 정무관과 그의 아들들이 유해를 따라갔다. 알베르트는 로테가 걱정스러워 따라갈 수가 없었다. 일꾼들이 유해를 운반했다. 성직자는 한 사람도 따라가지 않았다.

옮긴이 김해생

1959년 부산에서 태어나 숙명여자대학교 독어독문학과, 한국외국어대학교 통역대학원과 일반대학원 독일어과를 거쳐 오스트리아 빈 대학교에서 박사학위를 취득했다. 〈제12회 한독번역문학상〉을 수상하였으며 현재 숙명여대와 한국외대에 출강하면서 번역 작가로 활동하고 있다. 옮긴 책으로는 《현자들의 인생법》《푸른 행성》《낭만적인 고고학 산책》《4개의 인간》《얼음불》《파우스트 박사》 등이 있다.

젊은 베르터의 슬픔

초판 1쇄 발행 | 2018년 2월 20일

지은이 | 요한 볼프강 폰 괴테
옮긴이 | 김해생

펴낸이 | 이삼영
책임편집 | 카후, 고현진
마케팅 | 푸른나래
디자인 | 호기심고양이

펴낸곳 | 별글
블로그 | http://blog.naver.com/starrybook
등록 | 128-94-22091(2014년 1월 9일)
주소 | 경기도 고양시 덕양구 오금로 7 305동 1404호(신원동)
전화 | 070-7655-5949   팩스 | 070-7614-3657

• 이 책은 저작권법에 따라 보호를 받는 저작물이므로 무단 전재와 복제를 금지하며, 이 책 내용의 전부 또는 일부를 사용하려면 반드시 저작권자와 별글 출판사의 서면 동의를 받아야 합니다.

• 책값은 뒤표지에 있습니다. 잘못된 책은 바꾸어 드립니다.

ISBN 979-11-86877-59-3
     979-11-86877-49-4(세트)

• 별글은 독자 여러분의 책에 대한 아이디어와 원고 투고를 기다리고 있습니다. 책 출간을 원하시는 분은 이메일starrybook@naver.com으로 간단한 개요와 취지, 연락처 등을 보내주세요.